国民阅读文库

青少年心灵成长直通车
Qingshaonian Xinling Chengzhang Zhitongche

从幼年时期开始，
孩子的认知能力开始形成，
并逐渐形成自身的人生观和价值观。

塑造孩子爱心的情感故事

从培养孩子爱心友善的角度出发，
教育小朋友要心存一份爱心

韩震 ◎ 主编

LOVE

最具爱心的教育故事

吉林出版集团有限责任公司

图书在版编目（CTP）数据

塑造孩子爱心的情感故事/韩震主编.—长春：

吉林出版集团有限责任公司，2011.1

（国民阅读文库·青少年心灵成长直通车）

ISBN 978-7-5463-4631-1

Ⅰ.①塑…　Ⅱ.①韩…　Ⅲ.① 故事–作品集–世界

Ⅳ.①I14

中国版本图书馆CIP数据核字（2011）第005868号

塑造孩子爱心的情感故事

韩震　主编

出版策划： 孙亚飞	**美术编辑：** 文海书源（黄灵灵）
项目统筹： 张岩峰	**封面设计：** 文海书源
责任编辑： 刘虹伯	**策划制作：** 快乐书岸
文图编辑： 刘长江	

出　版： 吉林出版集团有限责任公司（www.jlpg.cn/yiwen）

（长春市人民大街4646号，邮政编码130021）

发　行： 吉林出版集团译文图书经营有限公司

(http://shop34896900.taobao.com)

电　话： 总编办 0431-85656961　　营销部 0431-85671728

印　刷： 北京海德伟业印务有限公司

开　本： 710×1000mm　　1/16

印　张： 12

字　数： 150千字

版　次： 2011年1月第1版

印　次： 2016年6月第4次印刷

定　价： 39.80元

总　序

　　人们常说开卷有益,因为读书可以让人分享更多的经验、了解更多的知识、感悟更多的情感、领会更多的道理、内化更多的智慧。作为人类进步的阶梯,人类须臾不能离开图书的支撑。

　　图书的力量是由语言所内涵的经验、知识、思想、文化和智慧构成的。作为万物的灵长,人类命定是与语言联系在一起的。语言是人类精神生存的家园。如果说口头语言扩展了人类交流经验知识的内涵,文字语言却进一步使人类理智具有了超越时空的力量。图书,无论介质怎样,也不管形式如何,都无非是把文字语言加以整理保存下来的形式而已。有了图书,在前人那里或他人那里作为认识结论或终点的知识,都可以成为我们进一步探索的起点。假如没有图书,知识将随着掌握者肉体的死亡而消失;有了图书,所有的知识都可以积累起来,传递下去。

　　图书所体现的文字语言的力量,是通过阅读形成的。阅读,或同意、或保留、或质疑、或辩驳,都可以激活人们的思想力、想象力、创造力,都可以感染人们的人性情怀和情感世界。文字符号必须通过与鲜活头脑的碰撞,才能擦出思想的火花。只有通过阅读,冰冷的符号才能迸发出智慧的火焰。因此,图书不只是为了珍藏,更是为了人们的阅读。各种媒介的书写——甲骨文、竹简、莎草纸、牛皮卷、石碑、木刻本、铅印本、激光照排、电子版——都须在人们的阅读中,才能发挥传递知识、传承文明、激发智慧的功能。

　　阅读犹如划破时空边界的闪电,使知识的传递和思想的交流不再限于一定时空体系内面对面的直接的人际交流。在这个意义上,读书已经构成超越时空的力量。

阅读是照亮晦暗不明的历史档案馆的明灯。通过文字的记载、叙述与说明，书籍使人类的知识、思想、情感和文化跨越了历史的长河，形成了文化传承的绵延纽结。通过阅读，我们可以与古代的先哲前贤进行思想对话。阅读《诗经》，似乎是让我们穿越时空隧道，回到几千年前的远古时期，感悟古代神州各地先民的所求所望；阅读经典，也能够让我们与老子、孔子、庄子、孟子、韩愈、柳宗元、苏轼、朱熹、康有为、梁启超、孙中山等无数先哲对话切磋……

阅读是连通不同文化之间鸿沟的桥梁。通过读书，我们不仅了解了中国古代思想家的理想与追求，还了解了古希腊苏格拉底、柏拉图、亚里士多德等哲学家的关注与思考；通过读书，我们知道了洛克、伏尔泰、狄德罗、卢梭、康德等启蒙思想家的探索与呐喊；通过读书，我们也可以与非洲、拉丁美洲、欧洲的人们一起，对现代世界或感同身受，或看法不一……

阅读关系每个国民的科学素质和文化素养。读书往往决定一个人的文化修养、知识广度和思想境界。阅读，让我们与伟大的心灵对话，与智慧的头脑同行。有了阅读，每个人都可以站在巨人的肩上！阅读，不仅让人有知识，而且有文化；不仅有能力，而且有智慧；不仅有头脑，而且有心灵。所以，人们说，书读多时气自华。在一定意义上说，你阅读什么书，你就是什么人；你的阅读水平，也就是你作为人的生存状态或生存样式。谁阅读的书更多些，谁的知识视阈也就更广阔些；谁阅读的书更多些，谁的精神世界也就更丰富些。

阅读关系一个民族的素质和质量，影响一个国家的前途和命运。如果说一个不读书的民族是没有希望的，那么善于读书、勤于阅读的民族才会有光明的未来。国民阅读能力和阅读水平，在很大程度上决定一个民族的基本素质、创造能力和发展潜力。善于阅读的民族，才能扬弃地继承本民族的优良文化传统，才能批判地吸纳世界各国最优秀的思想成果。一个民族的精神发育史，就是一个民族的阅读史。如果说阅读可以让一个人站在巨人肩上前行，那么一个善于阅读的民族就是

站在人类文化成果的最高峰进步。在这个意义上,实现中华民族伟大复兴的愿景就有赖于全体国民的阅读。

历史早已证明:无论是传承传统文化,还是引进外来文化,无论是学习已有的知识,还是探索新的可能,图书都是不可或缺的有效载体或工具。但图书的作用不能仅仅是静静地摆在图书馆的书架上,而是让所有国民有更多的阅读机会。让更多的人有更多的阅读机会,就成为摆在我们面前的愿景。

吉林出版集团推出《国民阅读文库》,可谓应运而生,恰逢其时。这套内容丰富、体系宏大的丛书,面向全体国民一生的阅读需要,以通俗易懂、简洁明快、图文并茂的方式,辅以光盘等现代数字媒介,着眼国民需要,方便大众阅读。其受众对象,从幼儿到老年、从农民到工人、从群众到干部,包括所有群体,无一遗漏;其内容涵盖,从哲学、社会科学、自然科学至日常生活、艺术审美、休闲娱乐等,无所不包。编辑出版这套丛书,目的就是为了更有效地弘扬中国传统文化的精髓,吸纳全人类优秀文化的精华,传播人类最新知识和思想文化成果。

总之,这套丛书按照系统的整体思想,提出自己的独特出版规划,全面涵盖了读者群体与知识领域;这样的出版规划,旨在为全体公民提供一生的文化营养,构筑新时代国民的精神家园。希望有更多的人,流连于这个知识的海洋,漫步在这块思想的沃土,在这里汲取营养,在这里学习知识,在这里滋润情感,在这里丰富心灵,在这里提升能力,在这里升华理想。

祝愿各位读者与《国民阅读文库》同行,做一个终生阅读者,在阅读中获得快乐,在阅读中得到成长,在阅读中寻找成功,在阅读中度过有意义的人生!

前　言

　　处于成长阶段的孩子们需要处理学习问题,需要交朋友,需要过集体生活。尤其是随着身体的成长,心理也要不断地成熟,在这个过程中,他们常常会碰到许多烦恼,碰到不同的情感上的困惑。如果得不到及时的沟通或宣泄,就难免陷入困境。

　　成长是每一个孩子必须经历的人生旅程。孩子的成长承载着生命的所有质量,少年时期是人生观、价值观形成的关键阶段。在这个阶段里,也许一件小事就能够改变命运,也许一个充满智慧的故事就能够改变人生。《国民阅读文库·青少年心灵成长直通车》系列从成长中可能遇到的问题出发,内容涵盖了勤奋、坚强、自信、乐观等诸多与孩子健康成长密切相关的方面,入选的故事通俗易懂,道理清晰明了,版式活泼多样,容易激发孩子强烈的阅读兴趣,能够起到极好的教育和熏陶作用,对于提高孩子的文化素养、拓展孩子的知识面大有帮助。好习惯成就好未来,孩子从小养成良好的习惯,成就大事业将不再是遥不可及的梦想。

　　生命需要鼓舞,心灵需要滋润。本系列图书的故事极具启蒙意义,可以启迪孩子的心灵,开发孩子的潜能,塑造孩子健康的人格,为孩子健康苗壮成长创造必要的条件。愿孩子们拥有一次快乐的阅读之旅。

目 录

红包里只有一元钱

那天,忙完三十几桌喜筵,已经夜里十一点多了。回到宿舍,睡在我上铺的阿强还没有睡。见我一脸疲倦,他关心地问:"今天不是你轮休吗,怎么又上班了?""订喜酒的,后厨忙不过来。""忙到这时老板有没有奖赏呀?""赏了,一枚一元硬币。"我有些无奈地笑笑。

我和衣躺在床上,随手将那个小红包扔到床头的玻璃瓶里,一共有五枚了。闭上眼睛,记忆将我拉回到五年前。

那时,我刚从沈阳的一所服务中专毕业,正赶上我现在的老板黎先生来学校招人。冲着不错的待遇和环境,我与黎老板签订了用工合同,来到了珠海这家龙欢阁大酒店。

我最初在酒店的后厨做荷手(大厨的助手)。刚开始上灶,在学校学的那点手艺根本不顶事,常常挨大师傅的骂。一次,做"水晶咕老肉",肉过油时有一点过火。端给大师傅挂晶时,师傅一看颜色就知道不对劲,狠劲在我的屁股上踢了一脚,骂道:"混蛋,你想砸我饭碗呀!"我急忙尝了一口,肉硬得有些硌牙。最后,我自己掏钱把那盘肉买下来,作为教训和惩罚。

自那以后,我处处倍加小心,每天更加勤勤恳恳地跟大师傅学手艺。苦干了四年,终于升任为二厨。虽然可以掌勺了,但做的都是一般菜,酒店的招牌菜仍是大师傅们的专利。

一天中午,酒店接待了一个一百多人的台湾旅游团。按照旅行社的规定是配餐,菜很简单。于是当班的大厨陈师傅便请假去药店买药,后厨只剩下我们几个二厨照单下料做菜。快忙完时,大堂经理急匆匆跑到后厨问:"有桌客人单点了咱们酒店的招牌菜'鱼龙争珠',陈师傅回来没有?"

　　"没有。"我忙应道,"要不赶快派人去找他?"

　　"来不及了,等找回来客人也走了。"经理急得直转圈,"不行,你们谁试试?"

　　"我们哪敢做?做砸了会影响酒店的生意。"阿强在一旁说道。

　　"经理你先别急,我见过陈师傅做过,我想试试。"我试探着问经理。

　　"救场如救火,你赶紧动手吧。"说完,经理边擦汗边离开了后厨。

　　我在阿强等人的注视下,一副重任在肩的神情,吩咐备料、净勺……"鱼龙争珠"端上桌时,那道菜的卖相居然令客人们赞叹不已。其实,我心里很清楚,那菜的味道要比陈师傅做得差了三成,只是客人大多没有吃过,不是内行,不容易辨别出来。后来,经理将这事告诉了黎老板。于是我有了一个装了一枚硬币的小红包。这之后又有了第二个、第三个……

　　对于这个只装了一元硬币的小红包,我虽心有疑问,但毕竟是老板赏的,是对自己工作的肯定,所以也没太在意它的多少。而这个谜直到今年除夕夜才被揭开。

　　除夕夜,送走了客人。老板吩咐在三楼大厅摆两桌酒席,与留在酒店过年的员工共度佳节。席间,黎老板再次给在座的每个员工发了一个装有一枚硬币的小红包。我终于忍不住,好奇地问他:"老板,你为什么每次的奖励都只是一枚硬币呢?"我的问话一下挑起了大家的兴趣,大家都

用探询的目光注视着黎老板。

黎老板沉思了片刻开口道："我刚到澳大利亚的悉尼留学时，在一家餐馆打工。每天中午都有一个叫约翰的先生来餐馆吃饭，并总坐在我负责的那张餐台旁，吃完饭就坐在那里看报纸喝茶，直到下午两三点钟才离开。他每次就在桌上放一枚硬币作为我的小费。当时我们的餐馆生意很好，中午的客人也很多，如果约翰吃完就走，我可以多收几十元的小费。别人都劝我将约翰撵走，可我总是不忍心开口。后来，我就在桌下挂了个小铁桶，把约翰付的小费积攒起来。那年的圣诞节，约翰也被邀请来参加聚餐会。约翰那天很高兴，他的公司刚刚渡过危机。他当着大家的面说："为了感谢阿黎长期耐心的服务，我将用十元钱换一个硬币的办法奖励阿黎。那晚，我得到了两千澳元。后来，我用这笔钱开始了我的商海生涯。"

黎老板喝了一口酒接着说："我之所以要在红包里装一枚一元硬币，是希望大家的人生每一步都能从一点一滴做起，脚踏实地，最终走向成功。为了感谢大家对酒店的贡献，我将用一百元换一枚硬币来奖励大家。"

黎老板的话音一落，大家都鼓起掌来。

那晚，我没有用硬币去换纸币，我觉得这六枚硬币远比那六百元纸币更有意义，因为它是我成长过程的最好见证。

情感箴言
qing gan zhen yan

　　"千里之行，始于足下"，点滴的积累才能收获累累的硕果。生活是脚踏实地走出来的路，只要你付出就会有回报。珍惜眼前的一切，做好自己的工作，这就是成功最简单的办法。

走过泥泞

至今还清晰地记得手握高考成绩通知单时那种撕心裂肺的感觉，被巨大的失败击倒的我已是欲哭无泪，只知道那一刻脑海中满是无尽的茫

然。这是真的吗？这怎么会是真的？恍惚如在梦中的我怎么也面对不了严酷的高考现实：一向被老师和同学公认的优秀生落榜了。祈求着出现奇迹的我又一次展开了那一张早被揉皱的成绩单：那刺眼的分数依然在"大放光彩"。一心追求名牌大学的我又怎情愿去念一个当初被老师和同学嗤之以鼻的无名学校？即使我为了逃避现实选择了无奈，老师的惋惜和父母慈爱的劝勉也让我心有不忍啊！

于是，我别无选择地念了"高四"。

经过无数次的思想斗争，被击得信心全无的我终于捡回了一些失落的自信。我每天早早地起床，早锻炼之后便迅速到教室，重新拾起那些陪自己度过三载严寒与酷暑的课本，专心致志地学起来。可以说，刚进复读班时，我的心情还是比较平静的，那时的我有一个非常执著的愿望：扎扎实实地学下去，争取高考取得佳绩。

或许是自己太在意分数，或许是一向有些好强的我太看重每一次考

试,一心追求高分的我容不得自己偶尔几次的分数偏低。当面对着那几张让我兴趣全无的试卷时,无形的忧郁、莫名的焦躁铺天盖地地向我逼来。那一刻,我分明感觉得到自己的学习热情在慢慢减退。我害怕出现这样的低热度现象,无数次在内心激励自己积极一点、快乐一点,然而这些给过我好多次帮助的自我暗示也完全失效了。

接下来的一两个月里,我完全掉进了失意的深渊,平日的生活再也激不起一点波澜,生活中真真实实的快乐已远我而去了。当我试着伸手去抓些什么时,结果只是徒然,只是泪眼模糊地面对着空空的双手。

我害怕艰辛的付出又一次付诸东流,我不忍再次面对历经沧桑的父母试图掩饰眼中的失望安慰我的伤心一幕……梦魇般的两个月里,我一直处在一种极度低落的状态里,同学们的好心劝勉也无济于事。上课时,我往往是眼睛死死地盯着黑板,脑海中却一片空白。我甚至想到丢掉无望的学业,跟随那些万般无奈才外出打工的女孩去漂泊,那种强烈的愿望几乎是渗进了我的骨子里,挥之不去。可是我又痛苦地发觉这是不可能的,我怎能向父母提及此事?难道我还想再一次刺伤他们早已伤痕累累的善良的爱女之心?

三月会考快到了。同学们都在紧张地复习备考。唯有我,唯有我有如此"闲情逸致",自怜自艾。整夜整夜地难以入眠时,身心俱疲的我写了一封长长的信给班主任谢老师——一位让我此生感激不尽的恩人,倾诉了我所有的忧郁。谢老师当晚就找我谈了话,他如同亲兄长般给我谈起前几届的一个女生,她像我一样复读,忧郁。她像我一样当高考一天天逼近时,烦躁不安,最后向老师说出不想读书的想法。老师邀女孩出来谈心,告诉她人生总不免会有挫折,告诉她只要咬紧牙关,前面就会是一片艳阳高照的天空,告诉她足以受用一生的关于生活的灵丹妙药。女孩愁云密布的脸终于绽放了开心舒畅的笑容,那一个七月对她美丽无比。

"人生没有走不完的胡同、拐不过的弯,只要你勇敢地向前走。"谢老师满怀期待地对我说,"你不会是一个经不起丁点儿挫折的女孩。别在乎结局怎样,只要你真的有过积极的付出。"老师朴实的话语奇迹般给我再次注入了生命的活力,我心灵的顽石终于在那个美丽异常的夜晚轰然而开,顷刻间,久压在心头的忧郁烟消云散。

有了希望和信心的日子就是不一样,灿烂的阳光终于洒满我生命中的每一寸土地,我惊奇而又兴奋地发现,拥有快乐原来如此简单,只要你敢于打开心结。

快乐如风的我轻轻松松地走过五月、六月,奔向绿色的七月。

如今,我身处美丽的桂子山校园,快乐而充实。

那些经历——那些让我由脆弱爱哭变得不知何为忧郁、敢于冒着风雨迎头而上的经历,让我此生受用不尽。

情感箴言 qing gan zhen yan

人难免悲伤失意,陷入困难的泥沼。把不幸说出来,负担就会减轻。人与人的沟通传递的不只是信息,还有丰富的情感。试着把自己的情感与人分享,它会帮助你走出泥沼。

感激

十七岁那年,我告别了美丽的校园。这意味着我将从此踏入社会,从此开始一种真正意义上的生活。

同众多的农家孩子一样,过了年没几天,我便跟着我们那儿的一个包工头外出干起了活。对于大多数生长在农村的孩子来说,劳动,永远是他们走出校园后的第一堂公共课。一茬又一茬的农民就是这样成长起来,又一步一步走向成熟的。

5月间,我们在河南焦作接下了一座十层高的楼房活儿。

工程进行得还算顺利,7月的最后一天,楼房建成了。可是当我们拆

下那高耸的脚手架时，才发现第十层所有的侧杆都被牢牢地筑死在楼房的墙壁上。那些胳膊一般粗的钢质家伙，在第十层楼的外墙壁上围了整整一圈，足足有一百根！

包工头戴着墨镜朝我走来，我看不见他的眼睛，但我马上明白我该做些什么了。包工头掏出香烟的时候，我轻声说："不用了，我上！"事实上我十分清楚，即使他什么也不掏，我也得上。我神色庄严而肃穆，甚至能感觉到自己很有一种"风萧萧兮易水寒，壮士一去兮不复还"的悲壮情怀。

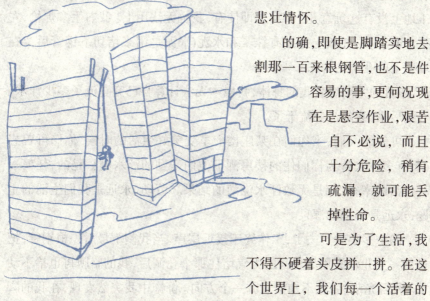

的确，即使是脚踏实地去割那一百来根钢管，也不是件容易的事，更何况现在是悬空作业，艰苦自不必说，而且十分危险，稍有疏漏，就可能丢掉性命。

可是为了生活，我不得不硬着头皮拼一拼。在这个世界上，我们每一个活着的普通人，都会遇到类似的情况。为了生活，我们随时都在准备着流血。面对危险，有时候我们甚至想都不想就会冲上去，而丝毫顾不得可能出现的后果。从这一点看，一个人能够活在世上，是多么不容易啊！

没有多久，我就被一根绳子吊在空中。可那是怎样一根绳子啊！拇指粗细，一个结一个结的，也不知是几段绳子接在一起的，而且是一根麻绳！当我举起焊枪——唉，这就是我们最先进的切割工具，这些我都能忍受。可是当包工头在楼顶上喊道"一根焊条，三根侧杆"的时候，我难受地闭上了眼睛。重物不重人，还有什么比这更让人痛苦的呢？停了一会儿，我睁开眼睛，用力瞪着，把泪水逼了回去。唉，这就是我们的包工头，作为一个有血有肉的人，我们为之感到痛心，可是作为一个普通人，我们又无法过多地指责他。因为他的所作所为，正好符合了他的身份和地位。在这个世界上，这样的人还很多，他们同我们大多数人一样，都是芸芸众生中的普通一员。他们的所作所为，并没有超出一个普通人应有的规范。

看来，生活中并不是每个人、每件事都能让我们感动的。

我终于又举起焊枪，电火花强烈地刺激着我的眼睛：我没有戴焊帽，工地上没有这玩意儿。事实上即使有，我也无法用上！我右手拿焊枪，左手拿着托板，托板上还端有抹子和水泥(水泥是用来堵切下钢管后留在墙壁上的孔洞的)。

7月的太阳烤着我的身体，我根本无法计算自己究竟流了多少汗水。直到后来，我的汗都流干了。

可敬的人们，当你们在某座楼上享受美好生活的时候，你们可曾想到，有多少人曾为你们住的楼房洒下他们辛勤的汗水啊！是的，任何一种生活的幸福，都是无数汗水浇灌的结果。劳动，永远是我们生活的主题，永远是幸福的源泉。

四个多小时过去了，工作终于接近尾声。当我割下最后一根钢管，把最后一点儿水泥用尽全身的力气堵住那个孔洞后，我的胳膊再也抬不动了。我目光茫然，也不知望着哪一个方向。恍惚中我突然发现，在我的脚下，说准确点，是在这座楼房旁边的那条大马路上，不知什么时候，已经停下了黑压压一大片人。他们全都仰着头，那么专心地望着我。泪水一下子涌出我的眼眶。我百感交集，但却说不出一句话，也做不出一个表情，只能任泪水爬满脸颊。

可亲可敬的人们啊！我应当感谢你们。感谢你们为一个陌生的人驻足停留，感谢你们为一个劳动者抬头观望。你们增添了一个普通人生活的信心，你们维护了一个劳动者应有的尊严。

斗转星移，三年的时间一晃过去了。三年来，我不知道自己流了多少汗水，受了多少委屈，吃了多少苦。可是不管生活怎样艰难，不管命运怎

样把我一次又一次推向苦难之门，我从来都没有屈服，没有被困难吓倒。我始终满怀感激地生活着，不论是对父母、亲友，还是对那些陌生的人群，我都怀有一种说不出的感激之情。

对于一个心中充满感激之情的人，又有什么能够使他向生活低头呢？

情感箴言
qing gan zhen yan

生活赋予我们太多的感激，使我们摆脱爱的贫乏，学习到爱的价值。即使是些微小的帮助，对身处困境中的我们来说也如雪中送炭。常怀感激之心，你会体味生活中的温暖与人间真情。

圣诞快乐

"我永远也不会忘记你的。"老人一边说，一边流泪。泪水从他那如同粗糙的皮革一般的面颊上流下来。"我已经太老了，不中用了，再也不能照顾你了。"蒙西多普瑞歪着脑袋，一双闪闪发亮的眼睛忠诚地盯着它的主人。它发出低沉的呜呜声，毛茸茸的大尾巴摆来摆去，好像在问："你说什么？"

老人清了清嗓子，说："我已经不能照顾我自己了，更不要说照顾你了。"他从衣兜里掏出一块手绢，使劲地擤了擤鼻子。"我马上就要到老年福利院去住了，我告诉你，我非常难过，因为你不能到那里去看我，那里不让狗进去，你明白了吗？"老人慢慢地弯下腰，一瘸一拐地走近蒙西多普瑞，轻轻地抚摸它的头。"不过你不要担心，我的好朋友。我们还可以为你再找一个新的家。这不成问题。你这么聪明，这么漂亮，这么善解人意,谁都会为你这样一只好狗而骄傲的。"

蒙西多普瑞使劲地摇着尾巴,在厨房的地板上走来走去。它最熟悉的老人身上那轻微的麝香味和厨房里有点儿油腻的食品气味使它觉得十分快活,可就在这时,这几天常常出现的那种使它畏惧的感觉又一次出现了。它的大尾巴马上耷拉下来,它慢慢地转过头来,看着自己的主人。

"过来。"老人喘息地用两只手扶着沙发,吃力地跪到地板上,充满深情地抚摸着他最亲近的朋友。他拿出一条鲜红色的丝带系在它的脖子上,在它的颈前打上一个大的蝴蝶结,然后在蝴蝶结上又挂上一张硬纸卡片。做完这些,老人又喘息了好一阵。

蒙西多普瑞有几分不安地来回摇着脑袋,"这上面写着什么?"它弄不明白。老人清了清嗓子,对它说:"这上面写的是'祝你圣诞节快乐! 我的名字叫蒙西多普瑞。早饭我喜欢吃咸肉和鸡蛋,玉米片粥也行,午饭我喜欢吃土豆泥和一点儿肉。就这些,我一天只吃两餐。作为对你的回报,我将成为你最忠实的朋友。'"

"汪汪。"蒙西多普瑞坚决地拒绝了老人。它的眼光里充满了恳求,好像在问:"你到底要干什么?"

老人又一次用力地擤鼻子,然后扶着沙发慢慢地站起来。他穿上大衣,用颤抖的双手系上扣子,抓住蒙西多普瑞脖子上的皮带,温和地说:"来吧,我的朋友。"

老人打开房门,一阵刺骨的寒风立刻向他们扑来。黄昏已经降临。老人坚定地站到门口,蒙西多普瑞却使劲往后退,它不愿意在这个时候出门。

"别再拽我了。我向你保证,你跟着别人过会比跟着我过要好得多。"老人的声音颤抖着。

街上没有一个人影。老人和它顶着寒风一声不响地向前走去。老人边走边认真地看着路边那一幢幢房子。天上飘起了雪花。

走了好一阵,他们来到一幢老式的维多利亚风格的房子前。这房子周围有很多松树,在寒风中摇摆着,发出飒飒的响声。他俩的身体在寒风中禁不住地发抖,但还是仔细地看着这幢房子。

这一定是个温暖的小康之家。每一个窗户里都闪着各色光芒的小彩灯,低声唱出的圣诞歌声随着风声传了出来。

"这个家一定对你很好。"老人声音哽咽地说。他松开牵狗的皮带,轻轻地打开这家的院门,弯下腰用颤抖的双手抚摸着蒙西多普瑞的头,说:"过去吧,上台阶,然后去抓门把手。"

蒙西多普瑞轻轻地走上前去,在这家的门前站住了,它回过头来看了看主人,又一声不响地跑了回来。它弄不懂主人要干什么。

"过去!"老人使劲地推了它一下,用粗暴的声音向它吼道,"我对你再也没有用了,你给我走!"蒙西多普瑞伤心极了,它认为主人再也不爱它了。它当然不知道主人就是因为爱它才忍痛这么做的。它不情愿地慢慢地走近那房子,走上台阶,伸出一只爪子拍了拍门,"汪汪汪!"

它回过头来,看见老人把自己的身体藏在一棵树的后面,探出头来正看着它呢。一个小男孩开了门,他家里的充满温馨的灯光从他的身后弥散出来。当他看清蒙西多普瑞时,不禁把双臂高高地举起,大声喊道:"哎,快来!爸爸妈妈!快来看圣诞老人给我的圣诞礼物……"

透过涌出的泪水,老人看见那男孩子的妈妈解下蒙西多普瑞脖子上的那张硬纸卡片,细心地读着,之后她蹲下来轻轻地抚摸着它,又向门外张望了一下,体贴地把蒙西多普瑞领进家里。

老人的脸上现出一丝笑意,他用大衣的袖口去擦眼泪,那袖口上已经结了一层薄冰,是寒风把他的泪水结在了上面。

"祝你圣诞快乐,我的亲爱的朋友。"老人低声说着,消失在黑暗中。

情感箴言
qing gan zhen yan

> 人难得舍得,回报生活与爱的人需要的不只是关爱,有时是理解与忘记。快乐是发自内心的祝福,是牺牲与奉献的无私,是忘我的真情。

两个穷小伙子和大钢琴家

很多年以前,有两个穷小伙子在斯坦福大学边上学边打工。他俩想和一位著名钢琴家合作,为他举办独奏音乐会,可以挣点儿钱交学费。

这位大钢琴家就是伊格纳希·帕德鲁斯基。他的经纪人和小伙子谈判,让他们交两千美元。也就是说,必须搞到两千美元,多余的钱才是小伙子们的。小伙子们答应了,开始拼命工作,但是到音乐会开完,他们发现总共只

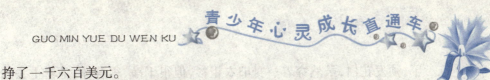
挣了一千六百美元。

　　怀着志忑的心情，小伙子们去找大钢琴家。他们把所挣的一千六百美元全给了他，还附了一张四百美元的空头支票，对他许诺说他们一定把余下的四百美元挣到，钱一到手，立刻就会送来。"不，孩子们，"帕德鲁斯基回答说，"不必这样，完全不必。"说完把支票撕成了两半，并把一千六百美元也送还他们手中，"从这些钱里扣除你们的食宿费和学费。剩下的钱里再多拿去百分之十，那是你们工作的报酬，其余的归我。"

　　许多年过去了，第一次世界大战结束了。帕德鲁斯基担任了波兰的国家总理。大战后成千上万饥饿的人民在呼救。身为总理的他四处奔波，付出了艰苦的努力。当时，能切实帮助他的只有一个人，就是美国食品与救济署的署长赫伯特·胡佛。胡佛得到了呼救的信息后，立刻答应了。不久，成千上万吨食品运到波兰。成千上万吨食品救了成千上万饥民。不久，帕德鲁斯基总理在法国巴黎见到了胡佛，当面向他感谢。胡佛回答说："不用谢，完全不用。帕德鲁斯基先生，有件事你也许早忘了。早年有两个穷大学生很困难，是你帮助了他们，其中一个就是我。"

情感箴言
qing gan zhen yan

　　助人为快乐之本，所以不要吝惜任何一次帮助他人的机会。也许只是一次微不足道的援助，就可以挽救一个人，同时也将在不久的将来，挽救自己。

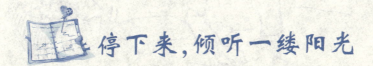
停下来，倾听一缕阳光

　　在喧嚣的街头一角，坐着一个独臂的乞讨者。他看上去有六七十岁了，须发花白，虽然穿着一身旧衣粗衫，但很干净、很合体；他看上去精神也不错，没有一点儿别的乞讨者常见的蓬头垢面、无精打采的萎靡神态，尤其是他那双布着血丝的眼睛，仔细端详，里面竟有一种说不出的深邃；最特别的是，老人面前摆着一个纸牌，上面用红笔写着"募集爱心，点燃希望"。

那真是一个有点儿特别的乞讨者，他没有任何关于痛苦、悲惨遭遇的倾诉与表白，没有任何渴望同情与怜悯的吁请，他那一脸不卑不亢的坦然，和阳光中的那个特别的纸牌，似乎都在告诉着过往的行人，他在认真地干着一件很神圣的事情。虽然他面前的纸盒里，也只是散落着不多的一点点碎币，老者仍是一副信心在握的样子。

他在为谁募集爱心呢?他要为谁点燃希望呢?也许是人们平时见多了乞讨者打着各种旗号赚取同情的情景，以为眼前的老人也不过是笨拙地模仿而已，许多人从他面前漠然地匆匆走过，不愿或不肯停下脚步，更不要说上前去问询或倾听一点儿什么了。

那天，我坐在离老人不远的台阶上等一位朋友，手里的一份晨报翻阅完了，朋友仍没有出现，我便打量起眼前的这位老人。忽然，老人微笑着问我，可否看一下我手里的晨报。我大度地说送给他好了，他便道着

谢接过报纸认真地读了起来,他那副投入的样子,很像公园里那些悠然的退休老干部。

"哎呀,那边又下大暴雨了。"老人突然的大声惊讶,引来几个行人奇异的目光。

"这个季节,大暴雨哪里都可能下的。"我对老者的大惊小怪有些不以为然。

"你可是不知道大暴雨对我们那里的危害有多么大,要不是去年那场大暴雨,我也不会到这里的。"老人对那场大暴雨还心存余悸。

"是么?"我曾在电视上看到过许多大暴雨肆虐的画面,其巨大的破坏性,我能够想象得出来。

"我这样跟你说吧,我老家是十年九灾的地方,几乎每年都要遭受水灾,房屋毁了盖、盖了毁,好几十年了,到现在还没有找到彻底解决的办法。"老人的话匣子打开了。

"那就搬迁嘛。"我轻描淡写地建议道。

"故土难离啊!"老人接着跟我讲他家乡那块土地是多么富庶,讲那里曾出过什么样的历史名人,讲村里的人多么善良、能干,讲村里的人怎么跟洪水搏斗等等,老人不紧不慢地向我讲述着,语气里面洋溢着由衷的自豪。其实,对于他讲述的这类内容我早已熟视无睹,已没有多少倾听的兴趣了,可老人仍谈兴十足地絮絮地向我讲他的家乡如何如何,声音也越来越大,我开始有些厌烦地看表,希望我的朋友此刻马上出现。

"唉,可怜那些孩子了!"老者大概看出了我的不耐烦,突然转了个话题,但又戛然而止,脸上浮着显而易见的焦虑。

"孩子怎么可怜了?"我一愣,随即抛出这个疑问。

"你不知道,因为穷困,很多孩子上不起学,五十块钱的学费,有时就可能让一个学习不错的孩子被迫辍学。作为特残军人,我的抚恤金本来够我生活得很好了,可一看到那些失学的孩子,我的眼睛就疼啊,你说我还能在家里待着么?没有别的办法,我只能这样给孩子们募集一点儿学费了。"老者忽然有点儿羞愧地低下了头。

哦,原来如此!

我的心像被什么东西猛然撞了一下,我的目光再次掠过阳光中的那个小纸牌,并将眼前的老人与那幅非常熟悉的"希望工程"宣传画联系起来。纸牌上的八个字像跳跃的火苗,灼着我的眼睛,我忙掏出兜里仅有的一百元钱,恭恭敬敬地放到老人面前的纸盒里。

老人拉住我的手问我的名字,我连忙说不必了。老人坚决不肯,他掏出一个本子,上面工工整整地记着一排名字,每个名字后面写着捐钱数目。老人告诉我:"我是在募集爱心,不是在乞讨,凡是捐钱超过五元钱的,我都要记下来,我要让那些受捐助的孩子懂得感激,懂得回报。"

"是的,您绝对不是一位乞讨者。"望着老人那只空荡荡的臂管,一股英雄的崇敬感油然而生。

走出好远好远了,我仍禁不住回头望去,望望阳光中那个老人。在这座繁华、喧闹的大都市里面,很少有人愿意停下脚步,来倾听一位陌生老人的故事;相反,由于某些先入为主的偏见和误解,人们常常会不由自主地投出一些漠然,就像生活中有许多不该忽略的,却常常被人们忽略一样,老人动人的故事很少有人知晓。

其实,很多的时候,如果我们能够停下脚步,能够再耐心一点儿,能够细心地问询或倾听一些,我们就会惊讶地发现,就在那些被世俗的叶片遮蔽的枝头,正坠着许多纯净、可爱的果子,那上面闪烁的美丽的光泽,袒露着生活的充实与美好。我们应该像热爱阳光一样,热爱生命旅途上那些点点滴滴的温馨与美丽……

情感箴言
qíng gǎn zhēn yán

> 爱似阳光,急匆匆走过的人不会理解它的魅力所在。停下脚步,呼吸那阳光的味道,你会更加热爱温馨的生活,更加热爱美丽的生命。

生活对爱的最高奖赏

一个鞋匠,在这条街的拐角处摆摊修鞋有好多个年头了。

有一年冬天,他正要收摊回家的时候,一转身,看到一个孩子在不远处站着。看上去,孩子冻得不轻,身子微蜷着,手已经冻裂了,耳朵通红通红的,眼睛直愣愣地盯着他,眼神呆滞而又茫然。

他把孩子领回家的那个晚上,老婆就和他怄了气。对于这样一个流浪的孩子,有谁愿意管呢?更何况,一家大大小小的几口人,吃饭已经成问题,再添一口人就更显困窘。他倒也不争执,低着头只是一句话:我看这孩子可怜。然后便听凭老婆劈头盖脸地骂。

尽管这样,这孩子还是留了下来。鞋匠则一边在街上钉鞋,一边打听谁家走丢了孩子。

两年多的时间过去了,并没有人来认领这个孩子,孩子却长大了许多,懂事听话,而且也聪明。这家人逐渐喜欢上了这个孩子,家里即便拮据,也舍得拿出钱来,给孩子买穿的和玩的。街坊邻居都劝他们把孩子留下来,老婆也动了心思,有一天吃饭,她对鞋匠说:要不,咱们把他留下来。鞋匠闷了半晌没说话,末了,把碗往桌上一丢:贴心贴肉,他父母快想疯了,你胡说什么。

　　鞋匠还是四处打听,他一刻也没有放松对孩子父母的找寻。他央人写下好多的启事,然后不辞辛苦地贴到大街小巷。风刮雨淋之后,他就重新再来一遍。甚至一旦有熟人去外地,他也要让人家带上几份,帮他张贴。他找过报社,没有人愿意帮这个忙,电视台也没有帮助他的意思。他把该想的办法都想了,心中只有一个念头:一定要找到孩子的父母。

　　终于有一天,孩子的父母寻到了这个地方。但只是说了几句感谢的话,就急匆匆地带着孩子走了。左右的人都骂孩子的父母没良心,鞋匠却没有计较多少。后来,一起摆摊的人都揶揄他,说他傻。他只是呵呵地笑,什么也不说。

　　生活好像真拿鞋匠开了个玩笑,这之后便再没有了这孩子的任何音信。后来,他搬离了那座小城,一家人掰着指头计算着孩子的岁数,希望长大了的孩子能够回来看看他,但是,也没有。再后来又数次搬家。然而直到他死,他也没有等到什么。

　　若干年后,有一个人因为帮助寻找失散的人而成了名,他在互联网上注册了一个关于寻人的免费网站。令人们惊奇的是,网站的名字竟然是鞋匠的名字。在网站显要的位置上,是网站创始人的"寻人启事",而他要寻找的,就是很多年以前,曾经给过流落在街头的他无限爱和帮助的一个鞋匠。

　　网站主页上,滚动着这样一句耐人寻味的话:当你得到过别人爱的温暖,而生活让你懂得了把这温暖亮成火把,从而去照亮另外的人的时候,不要忘了,这就是生活对爱的最高奖赏。

情感箴言　qing gan zhen yan

　　传递爱的火炬,照亮生命的前程。当我们被生活所感动,理解生活的快乐时,不要吝惜自己的爱,让它温暖更多的人,成为他们心灵深处的感动,创造真正的"爱的天堂"。

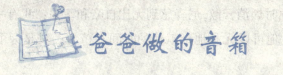

爸爸做的音箱

尼森想要参加学校的音乐比赛，需要一个音箱。他找到父亲。

"很抱歉，儿子，我们没钱。"父亲说道。

"可是没有音箱，我就不能参加比赛！"当听到这句话的时候，尼森回答说。

因为他喜欢音乐，同时拥有一把很好的吉他，唯独没有音箱。而他必须有一个音箱，否则就不能上台表演。所以，爸爸的话刚出口，难过就涌上了尼森的心头。

"尼森，你觉得我们自己做怎么样？"父亲说。

"自己做？"尼森满心疑惑，但总算看到了一些希望。

"好吧，爸爸！"尼森并不对做音箱抱有太大的希望，但还是勉强答应了下来。

"那现在就开始吧，我知道离比赛的日子已经没有多少时间了。"父亲说道。

于是制作音箱的计划被立即付诸行动。

父亲和尼森一起为制作音箱挑选木材、喇叭、蒙在音箱上的编织布料。经过一个星期的忙碌，他们终于把音箱做成了。

尼森可以参加学校的比赛了。但他心底始终有个疑惑挥之不去：他发现花在制作音箱的钱，已经可以买一个比较不错的音箱了。

比赛的日子到了。尼森忐忑不安地来到了学校，竞争伙伴们陆续来查看他的家当。自制的音箱引起了他们的注意。

有人问："怎么有点儿怪怪的？自己做的吗？"

尼森觉得有些窘迫，"是的，我爸爸和我一起做的。"他小声地说。

出乎尼森的意料，伙伴们并没有嘲笑他，甚至有点儿妒忌："唉，我爸爸从来不和我一起做这些事。"

羞愧顿时烟消云散，尼森感到无比自豪和幸福："我有一个多么了不起的爸爸！他可以无私地奉献他的时间和精力，只是为了让我美梦成真。"

这时，尼森看到父亲站在一个不起眼的角落，正对他微笑。

尼森最终没能获奖，因为自制音箱的音乐不够流畅，但他并没有感到太多的沮丧，因为他知道自己已经获得真正意义上的"胜利"了。

事情已经过去很久，当尼森和父亲闲聊谈到这件事的时候，父亲微笑着说："我真的只想和你一起分享一些时光。那些制作音箱的夜晚，我们懂得了许多的东西，不单是金钱或电线。尼森，我爱你！"

"爸爸，我也爱你！"尼森轻声地说。

那个自制的音箱因种种原因很早就丢失了，但尼森仍愿付出任何代价再去触摸它一下。而那些无从触摸的情感，更让他的心永怀感恩。至今，还能让他回想起父亲微笑的脸，特别是那双爱意真挚的眼睛。

情感箴言　qing gan zhen yan

> 父亲给了儿子金钱不能替代的东西：共同为一个目标努力所倾注的时间、关注和爱心。

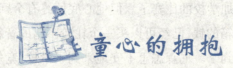

童心的拥抱

驾车驶过小镇时，我开始给孩子们介绍他们将要看到的一切。我们新教堂里的一个妇女已到了癌症晚期,生活不能自理,我决定每周末去帮她干些家务活。"安妮头上长了个肿瘤,她的脸部因为肿瘤而严重变形。"我给孩子打了预防针。

安妮好几次邀请我带着孩子一起去看她,因为我曾多次在她面前提及我的两个孩子,而她自己没有孩子。"绝大多数孩子见到我都怕得要死,我的长相对他们来说简直就像魔鬼一样,"她不安地说,"我能理解那些孩子们,毕竟,我的样子与众不同。"

我尽量寻找恰当的词汇来向儿子和女儿形容安妮的相貌。我记得儿子十岁的时候,我曾经带他看过一场有关残疾人的电影。我想让他知道,残疾人和正常人一样,都有感情,也会伤心。

"戴维,你还记得我们两年前看过的那部名叫《面具》的电影吗?就是关于那个小男孩脸部畸形的故事。"我问道。

"是的,妈妈。我想我知道将会看到什么。"他的语气告诉我,我不再需要更多解释。

"妈妈,肿瘤长得像什么来着?"女儿黛安问我。

要回答九岁女儿的问题,必须比喻形象而具体。为了防止女儿见到安妮时出现激烈的反应,我必须给她准备足够的,而不是过多的印象。毕竟,我不想吓坏孩子。

"她的肿瘤就像你嘴巴里面的皮肤。它从安妮的舌头下面伸了出来，弄得她说话很困难。你一看到安妮就会看到那个肿瘤，但是，没有什么可怕的。你们千万记住，不要盯着那个肿瘤看。我知道你们想看它是什么样子的，不过，你们绝对不要盯着它看。"黛安点了点头。

"孩子们，你们准备好了吗？"在路边停下车来时，我问他们。

"是的，妈妈。"戴维说，就像他那样大小的孩子一样叹了口气。

黛安点了点头，反倒安慰我："妈妈，别担心，我不会害怕的。"

我们走进客厅时，安妮正坐在躺椅上。她的腿上摆满了准备寄给朋友的圣诞卡。我抓紧两个孩子的手，我知道在这种时候，任何情况都有可能发生。

看到我的孩子们，安妮的表情一下子愉快了许多。"噢，你们能过来看我，我简直太高兴了！"她一边说，一边抽出一张餐巾纸擦拭从扭曲的嘴里漏出的口水。

突然，戴维松开我的手，走到安妮的躺椅前，用手搂住她的肩膀，将自己的脸贴在安妮那张变形的脸上。他微笑着看着她的眼睛说："我很高兴见到您。"

正在我为儿子感到无比骄傲的时候，黛安也像她哥哥那样给了安妮一个热烈的拥抱！

我的喉咙有些哽咽，心中百感交集。我抬头，看到安妮的眼里满是泪水，充满感激的泪水。

情感箴言 qing gan zhen yan

> 人与人传递着真诚的情意，它胜似良药，可以驱散心灵的阴霾，塑造和谐的人际关系。敞开心胸给无助的人以"童心的拥抱"，把人间真爱化为生命永恒的光彩。

骗　局

　　大院里有一棵大槐树,没事时,大家爱凑在那里吹吹牛,下下棋。老木会坐在石磴上,慢慢地摇着扇子,时不时地插上几句话。

　　槐花在头顶飘香的时候,大院里来了一个人,穿着很旧的西服,头发也乱得很,身上充满了风尘与疲惫。那人可怜兮兮地掏出一张纸条来,却是一份证明。大约是怕弄皱了和弄湿了,那证明装在一个透明的塑料袋里。证明上的文字是:兹有我县某某乡某某村某某人因家庭遭受火灾,致两死两伤,现经济困难无法生活及治疗,故外出乞讨,希各单位和个人给予帮助。证明的落款处是邻省某县民政局的大红印章。

　　这可怜兮兮的人和他手中的纸条引起了大家的议论。小李翻来覆去地看着纸条说:"民政局还鼓励人外出乞讨?没听说过。"老张伸着脖子说:"当地政府不可能不过问呀。"那人一副为难的样子说:"哪怕是有一丝办法,我一个大老爷们也不会跑出来求助呀。"大家都不信任地看着那人,不再说话。老木摇着扇子过来,从口袋里掏出五元钱,放到那人手上。那人收了钱,一次次对大家拱手,可是再没人掏钱了。

　　那人走后,大家都开始奚落老木。小李撇着嘴说:"骗子,十足的骗子!"老张不屑地瞟一眼老木说:"弱智啊,弱智!"就连老木的女儿也不满意地瞪了老木一眼。老木呢,宽厚地笑笑,看人家下棋去了。

　　几日之后,又来了一个人,与上次那人一个口音,看起来极像个憨厚的农民。来人同样拿出一份装在塑料袋中的证明,同样乞求大家帮助,证明也同样盖着邻省某某县民政局的公章。只不过证明上的内容有所不同,称该县某某乡全境惨遭水患,痛失家园。小李"噗"地笑道:"又来了又来了!"老张讥刺道:"火灾、水灾都让你们赶上了。拿我们当什么人啦?"来人便有些木讷地笑,慢慢红了脸。老木依旧摇着扇子过来,递上一杯水说:"大老远地过来,不容易,不容易。"说着,竟又掏了五元钱放进来人手中。来人接过钱,急匆匆逃一般走掉了。

老木的行为引起大家一片嘲笑。小李摇头说:"世界上最愚蠢的人,就是不知道接受教训的人。"老张叹息说:"老木呀老木,你是不是脑子有病呀?"老木不说什么,仍是宽厚地笑笑,自顾摇着扇子。老木的女儿生气了,撅着嘴对老木说:"这五元钱要是买一块肉,够全家饱饱吃一顿呢,为什么要便宜一个骗子?"

老木不笑了,收起折扇对女儿说:"骗子的伎俩是够笨拙的,怕是连小孩子都能看出来呢。你想,他的诡计这么容易被人识破,他还骗得了谁?骗不到钱怎么办?他可能会'改善'或重新设计大的骗局。别忘了,所有的大骗子都是从小蒙小骗开始的。我看他累了一天,饿了一天,也蛮可怜的,给他五元钱让他吃顿饭。他也许会好好想一想:有人明知他是骗子还偏偏给他钱,可见这人心并不坏,他还忍心继续骗人吗——你见过他们当中有人来过第二次吗?没有!他们也许因为羞愧洗手不干了。我虽然花了五元钱,可这世上从今以后可能会减少一个骗子,甚至是一个大骗子,这有什么不好?孩子,做人,有时候心甘情愿地受骗,也是一种享受呢!"

老木的话说得他女儿愣愣的,也说得大家久久沉默着。

情感箴言
qíng gǎn zhēn yán

　　"勿以恶小而为之,勿以善小而不为"。不要放弃劝人为善的机会,让我们理解别人的苦难与窘迫,敞开心扉,用真情的行动与智慧的方式把善心无私奉献给需要的人。

为爱种一片树林

　　法国南部马尔蒂夫的小镇上，有一位名叫希克力的男孩。在他十六岁那年，相依为命的父亲不幸患上了一种罕见的肺病。希克力陪同父亲辗转各大医院，医生们都束手无策，只是建议说："如果病人能生活在空气新鲜的大森林里，改善呼吸环境，或许会有一线生机。"但这到底有多少希望，他们也不清楚。

　　遗憾的是，希克力父亲的身体已经非常虚弱，无法忍受长途旅行去有森林的地方生活。看着父亲的病越来越重，希克力心急如焚。突然，他灵机一动："我为什么不自己种植一些树呢?等这些树长大了，也许父亲的病就真的好起来了。"

　　父亲听说儿子要为自己种树后，很是感动，却苦笑着对希克力说："我们这里缺少水源，气候干燥，土壤贫瘠，让一棵树存活谈何容易？还是算了吧!"但希克力还是暗暗下定决心，一定要在自家门前种出一

片茂密的树林来,因为这是唯一让父亲的生命得以延续的方法。

从此,希克力攒下父亲给他的每一分零花钱,有时早餐都舍不得吃,周末他还会到镇上去卖报纸和做些小工。攒了一些钱后,希克力就乘车到二百多英里外去买树苗。卖树苗的老板杰斐逊劝他不要做无用功,因为小镇自然条件恶劣,树木很难成活。可是当得知希克力是为了拯救父亲的生命时,他被深深地感动了。此后,他卖给希克力的树苗常常收半价,有时还会送给他一些容易成活的树苗,并教他一些栽培知识。

希克力在自家门前挖坑栽培,吃力地提着一桶桶水灌溉树苗。由于当地干旱少雨,土壤缺乏养分,大部分树苗种下后很快就干枯死去。镇上的很多人都劝希克力放弃这个"愚蠢"的想法,但他总是一笑了之。每天早晨,希克力起床的第一件事就是去看看树苗有没有枯死、长高了多少。一年下来,他最初栽下的一百多株树苗成活了四十三株。

此时的希克力已经高中毕业了,但为了照顾父亲,他主动放弃了上大学的机会。有人说希克力神经错乱,有人说他太迂腐,更没有人相信这些跟人差不多高的植物能够挽救一个连医生都治不好的病人。希克力从不把这些流言蜚语放在心上,只是一如既往地种着树苗。

一年又一年过去了,希克力种的树苗越来越多,许多树苗已渐渐长高长粗。希克力经常搀扶着父亲去树林里散步,老人的脸上也渐渐有了红润,咳嗽比以前少多了,体质大为增强。

此时,再没有人讥笑希克力是疯子了,因为所有居民都亲眼目睹了绿色树木的魔力。树林带来了新鲜的空气,引来了歌唱的小鸟,小镇变得越来越美丽了。

希克力种树拯救父亲生命的故事在巴黎国际电视台第六频道播出后,不少媒体纷纷转播。许多人被希克力的孝顺、爱心、挑战自然的勇气,以及不屈不挠的精神感动得热泪盈眶。一些绝症患者还向希克力索要树叶,说那象征着生命的绿色。

小镇的人也纷纷投入到种树的行动中,树林越来越多,面积扩大到了数百公顷,放眼望去,小镇四周都是绿色的屏障。

2004年，三十九岁的希克力被巴黎《时尚之都》杂志评为法国最健康、最孝顺的男人。令希克力欣喜万分的还不止这些，2005年初，医学专家对希克力父亲再次诊治时发现，老人身上的肺部病灶已经不可思议地消失了，他的肺部如同正常人一样。

医生感慨地说："在这个世界上，爱是最神奇的力量，有时它比任何先进的医疗手段都有效！"是呀，只要心中有爱，无论在多么贫瘠的土壤里，都能长出最粗壮的树木。

情感箴言
qing gan zhen yan

> 没有永恒的幸福，却有永恒的爱。爱是一种坚持不懈的追求，人类拥有的最伟大的情感。让我们播洒爱的种子，使爱开出最美丽的花朵。

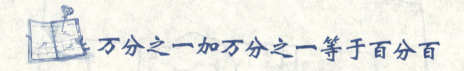
万分之一加万分之一等于百分百

那天，我去火车站送朋友。在火车站的广场上，看到一个大男孩蹲在那里，一脸痛苦的表情。男孩面前有一个小石块，石块下压着一张纸，纸上写着两行字：本人是一名大学生，钱包被人偷走，渴望好心人能资助我回家，定当加倍酬谢。

我走过去，打量男孩，男孩也抬起头来，看我。我看见男孩的眼里有泪花。"大姐，你能帮助我吗？"男孩低声说。

"你家在哪里？"

"江苏，我在沈阳读书，要在北京转车回家，不知道钱包什么时候被偷走了，身上连一分钱也没有了。大姐，你能给我点儿钱，买张火车票吗?"男孩说完,用渴望的眼神看着我。

我心里一颤,还没说话,朋友一把把我拉到一旁,小声说:"别听他的,现在骗钱的太多了。"

我想了一下,又看了一眼男孩,说:"我看他不像骗子,帮他一把吧。"朋友劝我:"你太善良了,这男孩十有八九是骗子。"我摇摇头说:"我相信他说的是真的,你看他的表情不像假的。"朋友说:"哪个骗子不会伪装,我告诉你,你被骗的可能是万分之九千九百九十九。""那也有万分之一的希望没被骗呀,也许这万分之一的希望就是真的。"我对朋友说。

我决定要帮助这个男孩,我相信自己的直觉,他是真的丢了钱包。我从口袋里拿出钱包,掏出二百块钱走过去。"小兄弟,我相信你不是骗子,这个你拿去买车票吧,再买些吃的东西。"男孩双手接过钱,激动地说:"大姐……谢谢,谢谢……你给我留个地址吧,我到家后一定把钱加倍还给你……""不用了,我相信你,赶快去买票吧。"我笑着说。

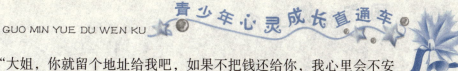

"大姐，你就留个地址给我吧，如果不把钱还给你，我心里会不安的。"男孩坚定地说。

在男孩的一再要求下，我把自己的地址和姓名留给了男孩。送走朋友后，回到家里，我把这件事和家人说了，没想到家人众口一词，说我被骗了。我心里觉得很不是滋味。为什么没有人支持我呢？难道我真的是被骗了吗？我也开始有些怀疑自己，怀疑那个男孩。

就在这件事过去七天后，我收到了一张四百元的汇款单，汇款人正是那个男孩。我高兴得跳了起来。把汇款单拿到家人面前，骄傲地说："我没有受骗吧！"那一刻，我觉得很欣慰。

就在收到汇款单的第三天，我收到了男孩写来的一封信。男孩说："当我决定在广场上向人求助的时候，我想过，肯定会有许多人认为我是骗子，而不会伸手帮助我。但是我没有办法，我想在一万个人中间，有九千九百九十九个人会不信任我，但是，只要还有一个人可能信任我，我也要去求助。见到你之前，不知道有多少人从我面前经过，没有一个人停在我面前，直到你的出现。谢谢你，大姐，你给我的不仅仅是二百块钱，还有难得的信任，同时也让我相信，这个世界上还是好人多……"

读着男孩的信，我不由自主地落下泪来。那个男孩怀着万分之一的希望向他人求助，而我是怀着万分之一的希望去相信他不是在骗我，两个万分之一相加，就等于百分百的信任和完美。

当我们处于困难中时，向人求助，也许会一次次被拒绝，请不要心灰意冷，仍然要对他人充满期待和信任。或许，在生活中，我们一次次受骗，但请不要用怀疑的眼光去打量每个人，以冷漠的心态看待我们生活的世界。无论怎样，我们都应该相信这个世界仍有温暖，有善良，有友爱。

情感箴言
qing gǎn zhēn yán

> 信任是给予别人最大的尊重。让我们的心充满善良与友爱，不要因为生活中偶尔的欺骗而怀疑爱心的价值，真诚往往就在你的身边。

飘香的生命

一次和朋友在街上闲逛,路旁有个垃圾堆,清洁工人已经把垃圾都装上了车,可是车却怎么也发动不起来,那个清洁工很着急。朋友忙跑过去,不顾脏乱和难闻的气味,用力地帮他推车。几经努力,车终于启动了。我对朋友说:"你也不嫌脏,那味儿多难闻!"朋友看着我,给我讲了一个故事。

在他上大学的时候,校园后面的围墙下是一个大垃圾场,学校里每天都有大量的垃圾被堆放到这里。有一个五十多岁的老工人开着一辆破旧的车来运垃圾,一车一车,每天不知要跑多少趟。在一次上大课的时候,白发的老教授忽然问了大家一个与课堂内容不相关的问题:"你们谁能告诉我每天运走校园垃圾的那个人的名字?"大家一片茫然,老教授又问:"那你们谁能给我描述一下那个人的样子?"下面仍然一片寂静。老教授感叹地说:"你们不会注意他!因为他只是一个运垃圾的。谁会想到十年前,他也曾站在这里给学生们讲课!后来他因病告别了讲台,几年后病体恢复,他没有应邀再来授课,而是买了一辆旧货车,每天往城外运送校园里的垃圾,不要一分钱!"学生们都呆了,仿佛在听着一个美丽的童话,可是这是现实,是撞痛人心的现实!

老教授接着说:"今天早晨我经过那个垃圾堆,他的车陷在泥里,束手无策。当时有很多晨跑的大学生经过他身旁,却看也不看他一眼,是我帮他把车推上来的。一个人应该理解别人的劳动,更应该尊重别人的劳动,关心别人,在别人有困难时主动伸出双手,是做人应具备的最起码的品质。可我们大学生又做了些什么呢?没有一个健全的心灵,有再多的知识又有什么用?"

阶梯教室里静得可以听见大家忏悔的心跳，老教授的话像一柄重锤，敲开了每个人心中的一扇门，那一刻，大家仿佛长大了许多。

我问："后来呢？"

朋友说："有一次在往车上装垃圾时，他的病忽然发作，倒在垃圾堆上，再也没有起来！他的追悼会，几乎所有的学生都参加了！"

我默然，为自己刚才的心态而羞愧。很久以后的一个夏天，我和女友一起逛街，路过一个臭味冲天的垃圾场，一群清洁工人正在清理。女友一脸厌烦地掩住鼻子，神情很是不屑。我说："你不该这样看他们，没有他们就没有清洁的城市！"然后我给她讲了朋友说的那个故事。

她听完，停住脚步，回头凝视着那一群身影，久久不语。

情感箴言
qing gan zhen yan

> 平凡人平凡的贡献打造了美丽的生活，漠视平凡就是在漠视美丽。于平凡中透视伟大，尊重平凡，这才是生命中飘香的真意。

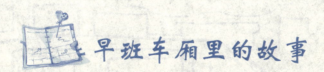
早班车厢里的故事

二十年前，我们这帮地位低下干着粗活的建筑工人，每天挤着早班车，半睡半醒的我们把蓬乱的头蜷缩在脏兮兮的衣领里面，阴沉着脸，互不搭理。

一天，一个陌生的家伙加入到我们中间。大家懒得多看他一眼，他上车时先和司机打招呼："先生，你好！"在他就座之前又转身朝后面的我们友好地笑笑。司机毫无表情地点点头，其余的人态度冷漠。

　　第二天,这个家伙情绪高昂地跳上车。他笑容满面地问候:"各位早上好! 祝大家一天都开开心心!"我们这帮粗人对此感到诧异和莫名其妙,我们中的两三个人愣愣地看了他一眼,不情愿地咕哝着:"好!"

　　第二个星期,我们更惊奇了。这个家伙竟穿上了一套旧式的西服,系着一条同样过时的领带,很明显,他稀疏的头发精心疏理过。他每天都快乐地向我们问好,渐渐地,我们大家也开始偶尔和他点头和搭话了。

　　一天早晨,这个家伙抱着一束鲜花走进了车厢。"一定是送给你女朋友的吧?查利。"司机微笑着问道。其实,我们不知道他是不是叫查利,但这并不重要。查利略微害羞地点点头,说是的。

　　我们这帮人热烈地鼓起掌来,有的还吹起俏皮的口哨。查利鞠躬表示谢意,然后又把那束花高高举起,像芭蕾舞演员一般优美地转了几圈,然后才坐到位子上。我们大家都看呆了,掌声再次响彻车厢。

　　从那以后,每天早晨,查利都要带一束鲜花上车。鲜花把车厢装点得鲜亮美丽,我们的心情也变得轻松愉悦起来。慢慢地,我们中的有些人也开始带花插入查利的那束花中。我们互相推搡着笨拙慌乱地把花插进去,黝黑的脸上闪着平常难见的柔情,柔情中又透着明显的难为情。

"你好!""你好!""你好!"大家开始笑着互相问长问短,兴致勃勃地开着玩笑,分享着报纸上的各类趣闻。

可是,那个早晨,查利没有像往常那样出现在他等车的老地方。一天、两天、三天过去了。我们猜想他是不是生病了,或者,往好的方向想,他休婚假了。

星期五那天,我们几个人来到查利每次下车后走进去的那家公司,并让司机等我们一会儿。走进那扇大门时,我们每个人都很紧张。

"我们公司没有叫查利的,但从你们描述的情况来看,他应该是我们公司的清洁工人戴文。"接待室的人告诉我们,"但是最近几天,他有点儿事没有来公司上班,不过你们放心,他很好。"

很多天以后,在老地方,我们果真等来了查利。看见他我们都很高兴,热烈地上前拥抱他,有的人甚至快要哭了。这个原本与我们格格不入的家伙,却给我们这些情感粗硬麻木的建筑工人带来了柔情,用他的鲜花和微笑唤醒了我们内心深处最柔软的东西,让我们学会了传递关爱和快乐,也懂得了分担悲伤和痛苦。"我的一位朋友去世了。"查利说,神情很伤感。此时,我们也都缄默无语了,每个人的眼睛都潮潮的,紧紧握住查利的手。

那一刻我才知道,人与人的情感是一样的,它高贵、温暖、柔软,不能因为生活的艰苦、状况的不堪就忽略它的存在,那些快乐、悲伤、友好、爱情……

我们的手,紧紧地握住了查利的手。

情感箴言
qing gan zhen yan

人与人之间应抛开成见,真诚沟通。你真心的笑容,带给别人的也许是愉快的一天。让我们扫除隔阂,真诚地微笑着面对生命里的每一个人吧!

别拔那些草

那年我不到十八岁,却已是手执教鞭的"孩子王"。学校后面有一大块空地,长满了杂草,那是我常去的地方。

毕竟年轻气盛,我常和学生发生冲突,也常"恨铁不成钢"地埋怨他们太笨太不懂事。所以,我总爱在晚饭后到草地上走走,用脚踢踢草,或用手扯扯草,来发泄一下心中的不满和伤感。

又是雪花飘飞的时节,草都枯萎了,失去了那种看来让人悦目的色泽。有时候,倒觉得这些草有碍观瞻,影响心情。刚好学校组织全校清洁大扫除,我便跟校长说愿意铲除那一大片枯草。校长笑着说:"别拔那些草。"接下来的话更令我大吃一惊——"那都是一些芬芳的花啊!"

我悻悻不乐地走出办公室,心中郁闷得很,不就是一些草吗?还当什么宝呢,还说草也是花,真是滑天下之大稽。

心中的不悦很快就烟消云散了,因为寒假来临了。

再次回到学校已是柳吐新绿莺飞蓝天的三月。远远地看见几名学生向我跑过来,走近了便很羞涩地喊我"老师",然后不由分说地抢过我的行李。"都懂事多了。"走在去住处的路上,望着学生在前面提着行李还蹦蹦跳跳的身影,我感慨不已……

晚饭后突然想去学校后面的草地上走走。结果着实让我的眼睛大饱一餐:满地的葱笼中点缀着不起眼的鲜艳,或星星点点的洁白,或串串枝枝的鹅黄,或隐隐约约的湖蓝,或明明丽丽的殷红。

原来,草也可以开出美丽的花,而我却一直未曾关注过,甚至对校长的话耿耿于怀……

是的,每一株草都是一朵美丽的花,每一个学生都是一个美丽的希

望。只要我们不过早地扼杀他们的天真和创造性，不无为地放弃对他们的教育和鼓励，他们总有一天会开出令人欣慰和惊异的花朵。而我们每一个人呢?是不是该对别人的付出与努力，多一些支持与赞扬，少一些冷漠与讽刺;是不是该对自己的现在和未来，多一些肯定与自信，少一些抱怨与失落，因为我们每一个人都应该是一朵花。虽然现在我们还只是一株草，但严冬过后我们一定会吐露属于自己的芬芳，盛开属于自己的美丽，只要你不自我消沉，只要你不轻言放弃……

还是记住那句话吧:别拔那些草，那可是芬芳的花朵啊!

情感箴言
qíng gǎn zhēn yán

> 仔细留意周围，每个人都有闪光的地方。对别人报有信心、不抛弃、不放弃，也许换个角度，眼前就是花朵，周围就是春天。

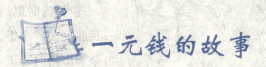

一元钱的故事

一天，我参加了一家电视台设计的一个游戏。游戏内容是我身上没带一分钱，但我得去乘一辆公共汽车，车票的价格是一元钱，我要想办法"借"到一元钱。游戏的方式是由我在前面借钱，电视台的摄像机在后面跟踪偷拍，实录下我在这个游戏中可能遭遇的种种场景。

我到了公共汽车站，犹豫了好久，才鼓起勇气对一位大伯说:"大伯，我的钱包被人偷走了，能借我一元钱坐公共汽车吗?"大伯头也不抬地说:"你们这种人我见得多了，现在到我这儿来讨一元钱，转个身又到别人那儿讨一元，一个月下来，你们的收入比我的工资还要高呢，可恶!"

　　大伯显然将我当成了职业乞丐，我一下子张口结舌，什么话也说不出来，第一个回合就这样败下阵来。我深吸了口气，准备第二次冲锋。

　　这次，我看准了一个慈祥的大妈。我红着脸上去搭讪："大妈，我的钱包被人偷走了，我现在身上一分钱也没有了，您能不能借我一元钱让我坐车回家？"大妈仔细看了我一眼说："年轻人，我看你表面还像个知识分子，你应该去做一些体面干净的事情。年轻人要学好，你的路还长着呢，别一天到晚动歪脑筋。我现在可以给你一元钱，但我怕你以后明白了事理，要找后悔药吃时，你就会骂我，因为就是像我这样的人心慈手软，才一步步纵容了你的堕落。"

　　听着大妈的教诲，我找不着可以回答的话语，我想这不能怪大伯大妈，他们一定经历了太多这样的遭遇了。不过大妈的话倒提醒了我，说我像知识分子，我可以说自己是个大学生，也许更能博得同情。

　　一位打扮时髦的小姐走了过来，我迎上去，"小姐，我是个大学生，今天出门时忘了带钱包，你能借我一元钱让我乘车回学校吗？"小姐像受了惊吓似的，猛地后退几步满脸疑惑地盯着我。她可能将我当成一个骚扰女孩儿的无赖，她像过雷区似的，在我身边画了个半圆，然后迅速地跑到了车站的另一头。

　　三个回合都以失败告终，我有些心灰意冷。我回头看时，电视台的摄像师却一个劲儿地向我伸出大拇指，那是我们事先约定的暗号，意思是我得继续下去。显然，我的失败正在他们的意料之中，这样的尴尬场面对旁观者来说，说不定正像一道精美的大餐呢。

　　一位小朋友走近公共汽车站，我想这是我最后的试验了。我不想说

钱包、大学生之类的谎言了，我走过去，很客气地说："小朋友，能借我一元钱乘公共汽车吗？"小朋友马上从口袋里掏出一元钱递了过来。这下轮到我惊讶了，没想到，小朋友竟然什么都没有问，就把钱给了我。

呆了好久，我才问小朋友："你为什么要帮助我呢？"小朋友顺口就说："因为你没钱乘车呀。老师说过，帮助是不需要理由的。"

霎时，一股暖流从我心里流过。

在节目结束的时候，主持人补充了一个采访我的镜头，问参加这样一个游戏对我的人生观有什么影响。我的回答是：今后我会在口袋里多放一元钱，以便继续传递不需要理由的帮助。

情感箴言　qing gan zhen yan

　　帮助不需要理由。认真地感受生活中的温情，把真挚的爱奉献给他人，即使是一元钱的赠予，也能成为爱的媒介，永远地传递着温暖与信任。

珍　惜

　　早上，校门两边总会站着担任值日生的四名学生。每当老师到校，四名值日生便齐呼"老师早"。按规定，只有表现优秀的学生才能做值日生，所以，当选的值日生都备感自豪。

　　儿子被选上值日生的这天，红领巾、校服穿戴得整整齐齐，连小皮鞋都擦得锃亮锃亮。送儿子到校后。看着他精神抖擞、昂首挺胸地站在校门旁，朝阳照在脸上，我也情不自禁地为他感到自豪。

　　可万万没想到的是，中午一回到家，儿子就大哭起来，原来是班主任取消了他的值日生资格,因为他不愿意和别的值日生一起喊"老师早"。

"刚开始我对每个老师都喊了早上好,可就是没一个老师搭理我们,他们就像没听到一样。我想,连老师都这么没礼貌,我又为什么要向他们问好。呜……"

我也无言。

一天,带儿子坐公共汽车,上来一位抱小孩的妇女,满车的人都没让座,只有儿子毫不犹豫地站了起来:"阿姨,请这里坐。"

下车后,儿子问我:"爸爸,阿姨为什么不道谢?"

"可能她道谢了,你没有听到。"

"没有,她绝对没有道谢,我听得清清楚楚。"儿子斩钉截铁地说。过了一会儿,儿子仿佛若有所悟地补充道:"嗯,我知道了,怪不得车上没有人让座。"

我自然清楚儿子的结论是不正确的,但我这次真的是无法解释了。

总是听人说:拥有时不珍惜,失去了才知道它的宝贵。可是我却总是眼

睁睁地看着孩子身上结出的善果,就这样无情地被风吹雨打去。唉!大人们。

> 在孩子眼里,大人就是最好的榜样,但在很多时候,大人们的所作所为却还不如一个孩子,这真是一个值得所有大人都深深反思的问题。

爱心的价值

有位老人,住在漂亮的住宅里。但是他很孤独,他无儿无女,又体弱多病。他决定搬到养老院去。老人宣布出售他漂亮的住宅。购买者闻讯蜂拥而至。住宅底价8万英镑,但人们很快就将它炒到了10万英镑。价钱还在不断攀升。老人深陷在沙发里,满目忧郁,是的,要不是健康状况不好,他是不会卖掉这栋陪他度过大半生的住宅的。

一个衣着朴素的青年来到老人眼前,弯下腰,低声说:"先生,我也好想买这栋住宅,可我只有1万英镑。可是,如果您把住宅卖给我,我保证会让您依旧生活在这里,和我一起喝茶、读报、散步……天天都快快乐乐的——相信我,我会用整颗心来照顾您!"

老人颔首微笑,把住宅以1万英镑的价钱卖给了他。

> 完成梦想,不一定非得要冷酷地厮杀和欺诈。要知道,爱心是无价的。有时,只要你拥有一颗爱人之心,许多成功都会唾手可得。

用左脚支撑起的生命

　　爱尔兰作家克里斯蒂·布朗1933年出生不久便患了严重的大脑瘫痪症。这是一种自己痛苦、别人看了也痛苦的病。

　　一直到五岁，小布朗还不会说话，头部、身躯、四肢也都不能活动，父母带着他四处求医，可情况始终没有什么好转。最后连家里人也失去了信心，认为他可能要这样过一辈子了。

有一天,躺在床上的小布朗正在看着妹妹用粉笔画画玩,他忽然伸出了自己的左脚,把妹妹手里的粉笔夹了过来,在床沿上乱画起来。

妹妹大声哭喊:"给我粉笔!给我粉笔!"哭喊声招来了妈妈。妈妈的眼光没有停留在妹妹身上,而是落在了小布朗的左脚上。她高兴地惊叫道:"他的左脚还能动!"

真是喜从天降啊。母亲认为自己的儿子还能在社会上生存下去,她开始教他用左脚写字。布朗的头脑并不笨,他第一天晚上便跟妈妈学会了英语字母"A"。一年后,二十六个字母就都能用脚写下来了。

他继续刻苦学习,除了写字,还要看书。全家人省吃俭用,节省下钱来为布朗买儿童读物和文学名著。布朗对文学作品表现出了浓厚的兴趣。

随着布朗一天一天长大,他慢慢能说话了。他想要写信、做读书笔记,还想试着练习写作。这样一来,笨拙的左脚趾就不太胜任了。他对妈妈说他要一台打字机。

妈妈迟疑地对布朗说:"孩子,买了打字机,你怎么使用呢?你没有健全的手啊!你能学会用脚趾打字吗?"

布朗回答妈妈说:"是的,妈妈,我没有健全的手。但我有一只健全的脚,我要成为世界上第一个用脚趾打字的人!"

母亲想方设法替儿子买来了一架旧打字机。布朗把打字机放在地上,自己半躺在一把高椅上,用左脚按动键钮。他像着了迷一样,整天地练习。累了,就用左脚趾夹住笔画画。

由于脚趾掌握不好打字的力度,所以刚开始打出的字,不是模糊不清,就是打烂了纸。但布朗一点也不灰心,他仍然着迷似的坚持练习,不管是炎热的夏天,还是寒冷的冬天,他都没有中止过一天。

他的左脚趾长出了老茧。终于,他打出了力度适中、清清楚楚的字,而且还能熟练地给打字机上纸、退纸,还能用左脚趾整理稿件。

布朗学会打字后,写作的愿望变得更加强烈。他把自己想写一部小说的事告诉了母亲。母亲知道儿子是个有决心、有毅力的人,她也理解儿子的心情,可她知道写作比学习打字不知要难上多少倍,她担心儿子一旦失败会承受不了心灵上的创伤,她不想让这个不幸的孩子再受什么伤害,再平添许多痛苦。另外,她也觉得,儿子还是个小孩子,没有多少生活阅历,有什么可写的呢?于是她劝慰儿子:"孩子,你有雄心壮志,妈妈很高兴。但是,人生的道路是很曲折的,不像你想的那么简单,万一失败了怎么办呢?我看你还是好好休养,读读小说,画画图画,玩玩打字机就行了,不要想得太多了。你现在年纪还小,等以后再说吧!"

"妈妈,人活着就应该有所追求。我是一个残疾人,丧失了生活中的许多乐趣,别人都看不起我,兄弟姐妹们也把我当成包袱。我要奋斗,我要让人们知道,我不是一个多余的人。"

布朗躺在床上,静静地回忆着自己自记事以来不幸而坎坷的人生经历,决定一定要把自己的生命历程写成一部自传体小说。他在心中酝酿着。

过了几个月,布朗已经用他的左脚打出了他第一部小说第一章的初稿。

他首先把它念给母亲听。母亲被小说主人公的痛苦遭遇和坚强性格深深打动,她流着泪听儿子念完,然后把儿子紧紧搂在怀里,对儿子说:"孩子,一定要坚持下去,我相信你会成功!"

不知写了多少个日日夜夜,不知费了母子俩多少心血,不知克服了多少常人难以想象的困难,不知经历了多少次的失败和挫折,终于,在布朗二十一岁的时候,他的第一部自传体小说问世了。他把它取名叫做《我的左脚》。他想在小说的标题中,就开门见山地告诉人们:我的左脚支撑起了我的整个生命,我的左脚在创造着自己不屈不挠的生活。

布朗虽然只能用左脚来写小说,但这并不妨碍他在文学创作的道路上不断拼搏。十六年之后,他的又一部自传体小说《生不逢辰》也出版了。这部小说感情真挚,哲理深刻,故事情节非常动人,语言像诗一般优美。一出版便震动了国内外文坛,成为一部畅销书,短时间内十五个国家相继翻译出版了他的书,有的国家还把它改编成了电影。布朗在妻子

无微不至的照顾和帮助下,1974年出版小说《夏天的影子》,1976年发表小说《茂盛的百合花》。另外,在1972年到1976年间,布朗还创作出版了三本诗集。克里斯蒂·布朗写的最后一部小说是《锦绣前程》。

情感箴言

qing gan zhen yan

> 生命的意志来源于坚持不懈,命运不可能总垂青你,当坎坷阻碍了你前行,请用意志支撑起生命,树立正确的目标,坦途就在前方。

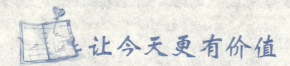

让今天更有价值

在美国,有一个普通公民,四十三岁时发现患了癌症。初时怨恨、眼泪、诅咒、孤独、绝望、自杀念头等都有过,但是没过多久,他沉静了下来。他将"泪泉"变为"甘泉",将"血雨"化成"春雨",直面人生的厄运。他看远方的落日,听树林的音响。栖息的鸟儿,劳作的农夫……大自然使他增添了生活的勇气。在家庭聚会上,他对妻子和两儿两女说:"我要尽可能地活下去,我已从今天起接受化学治疗。我希望你们帮助我,让我能有勇气面对这个不治之症。我们都不愿意死去,但也不要害怕死亡,我们仍可创造幸福美好的明天。"

他振作起精神,将自己的感觉写成文章:"我诅咒怎么会有这样一个上帝,他会让如此痛苦的事情在我身上发生。而现在,我再也不会怨天尤人了。当我在夏夜里听到一个孩子的哭声时,当我发现周围人们的善意时,当我把手放在胸前感受心脏的跳动时,我知道,这就是生活。而我就是生活的一部分。我知道自己非常幸运,我有一个对我体贴入微的妻子,我知道会有

美妙的事情在我们之间发生,我知道我们就是生活奇迹的一部分。"

之后,他发起组织一个特殊的集会,商定十八名癌症患者每月相聚一次,互相帮助摆脱心理上的阴影,愉快地去赢得新的生命。他们共同寻求解决问题的方法,尽可能争取多活些时间。他将这个机构定名为:"让今天更有价值"。

情感箴言
qing gan zhen yan

> 幸福美好的明天要靠今天来打造。时不待人,不要在得过且过中虚度时光,珍惜你所拥有的时间。拥抱今天,让今天的努力铸就明日的辉煌,让人生的价值在生命中闪光吧!

温暖我一生的冰灯

总有一些东西,是岁月所消融不了的。

八岁的那一年春节,我执意要父亲给我做一个灯笼。因为在乡下的老家,孩子们有提着灯笼走街串巷过年的习俗,在我们看来,那就是一种过年的乐趣和享受。

父亲说,行。

我说,我不要纸糊的。父亲就纳闷:不要纸糊的,要啥样的?我说要透亮的。其实,我是想要玻璃罩的那种。腊月二十那天,我去东山坡上的大军家,大军就拿出他的灯笼给我看,他的灯笼真漂亮:木质的底座上是玻璃拼制成的菱形灯罩,上边还隐约勾画了些细碎的小花。大军的父亲在供销社站柜台,年前进货时,就给大军从很远的县城买回了这盏漂亮的灯笼。

我知道,父亲是农民,没有钱去买这么高级的灯笼。但我还是想,父亲能给我做一个,只要能透出亮就行。

父亲说,行。

大约是年三十的早上,我醒得很早,正当我又将迷迷糊糊地睡去时,突然被屋子里一阵窸窸窣窣的声音吸引了,我努力地睁开眼睛,只见父亲在离炕沿不远的地方,一只手托着块东西,另一只手正在里边打磨着。我又努力地睁了睁眼,等我适应了凌晨有些暗的光后,才发现父亲手里托着的是块冰,另一只手正打磨着这块冰,姿势很像是在洗碗。每打磨一阵,他就停下来,在衣襟上擦干手上的水,把双手放在自己的脖子上暖和一会儿。

我问:"爹,您干啥呢?"

父亲说:"醒了!天还早呢,再睡一会儿吧。"

我又问:"爹,您干啥呢?"

父亲就把脸扭了过来,有点儿尴尬地说:"爹四处找废玻璃,哪有合适的呢,后来爹就寻思着,给你做个冰灯吧。这不,冰冻了一个晚上,冻得正好哩。"父亲笑了笑,说完,就又拿起了那块冰,洗碗似的打磨起来。

父亲正在用他的体温融化那块冰呢。

看着父亲又一次把手放在脖子上取暖的时候,我说:"爹,来这儿暖和暖和吧。"随即,我撩起了自己的被子。

父亲一看我这样,就疾步过来,把我撩起的被子一把按下,又在我前胸后背把被子使劲儿掖了掖,并连连说,"我不冷,我不冷,小心冻着你……"

末了,父亲又说,"天还早呢,再睡一会儿吧。"

我胡乱地应了一声,把头往被子里一扎,一合眼,两颗豌豆大的小珠就泅进棉絮里。你知道吗,刚才父亲给我掖被子的时候,他的手真凉啊!

那一个春节,我提着父亲给做的冰灯,和大军他们玩得很痛快。伙伴们都喜欢父亲做的冰灯。后来,没几天,它就化了,化成了一片水。

但那灯，却一直亮在我心里，温暖我一生。

> 一盏晶莹的冰灯，饱含着父亲的深情与无奈，更饱含着孩子无尽的感恩。父爱无边，它不是物质的满足与给予，而是发自心灵深处的关怀，如春雨般滋润着我们的心田。

五十个布娃娃

从懂事的时候起，她就好像没有过童年的快乐，连想拥有一个布娃娃的愿望都没能实现。儿时，父亲答应等她过六岁生日时送她一个的，但她生日还没到，父亲就跟随国民党部队去了台湾。父亲去台后，母亲不曾改嫁，和母亲相依为命的她，跟着受苦，从小就学会了承受诸多人生的艰辛。只是，偶尔看到有钱人家的孩子怀抱布娃娃的时候，她那总是显得阴郁的目光里，才会闪烁出一些光亮来。这个时候，她会注视着人家怀中的布娃娃，直到人家走远，才往家里走。就这样，过了五十年。在她心里，没有父爱、没有温暖的苍白的五十年，在海峡这边守望了一生的母亲早已带着满腹的遗憾去了，而她自己，也快要做人家的婆婆了。没有想到，在母亲走后没多久，一个满头白发、步履蹒跚的老人，出现在她家门口。面对着这个自称是她父亲的人，她心里竟没有多少激动。也许，五十年的时光，就像一剂长效的麻醉剂，早已把她心中原本对父爱的渴望给麻醉了。不管父亲多么想表现，她都有一种本能的抗拒，在她心里，总是觉得，这五十年，你把我们丢在这里，现在再怎样表现，也只不过是因为心里有愧疚，在补偿而已。

费了一番周折，她办好了一切手续，到台北来接孤独的父亲回大陆定居。她找到父亲的单身公寓，却叫不开门，等她找人把门打开，才发现老人已死去多时。父亲的遗物很少，在他的房间里，只有好多个樟木大箱子，她还以为，可能是父亲这一生积蓄下来的贵重物品吧。可是当她打开这些箱子的时候，她一下子惊呆了——这么多的箱子里，放着的，全是小女孩造型的布娃娃，总共有五十个。每个布娃娃的身上，都放着一张字条，上面的落款日期显示着它们全是父亲在她每年的生日那天买的，它们的个子按年份的排序一个比一个高。

她打开一张泛黄的纸条："亲爱的女儿，今天又是你的生日，爸爸还是不能和你一起过，只有又买一个布娃娃给你，从你六岁起，我就一直欠你布娃娃……"最后一个，也是最大的一个——几乎有真人那么高的布娃娃身上的纸条上写着："……过几天我就要回大陆了，我这一生剩下的时间要和你在一起，直到你妈妈来召唤我。我要把这些布娃娃全带回去，带给你——我的女儿……"看到这里，她已泪如泉涌。

她终于明白，自己一直没有失去父爱，海峡那边的父爱，一直被父亲用心地储存在布娃娃的身上，一年比一年多，一年比一年浓。她带回了父亲的骨灰和那些大木箱。每当有人问起，那些木箱里都是你父亲留下的金银财宝吧?她总是说，是的，是我父亲留给我的最珍贵的东西。这个时候，她的脸上总是阳光灿烂。

情感箴言
qing gǎn zhēn yán

> 　　海峡阻隔了亲人的往来，岁月阻隔了过往的联系，但这些却难以割断人对根的思念和对儿女的牵挂，五十年的骨肉分离，五十个布娃娃，倾注了五十年的父爱。

母爱是一剂药

　　舒仪要远嫁到福州去，她的妈妈是极力反对的:"上海这么大，为什么非要嫁到乡下去?"女儿大了，女儿有自己的想法，也应该有自己的感情生活了。但是，妈妈的态度仍然强硬。舒仪没有退路了，因为她不小心已经怀上了亲密爱人的孩子，她以为生米煮成熟饭，会让妈妈改变主意，给他们以祝福。但是，她错了，母亲有些不可理喻地勃然大怒:"我最恨被人家要挟，你有种，就不要再回这个家，也不要认我这个妈!"

　　两年前的暮春，舒仪牵着丈夫的手，在上海浦东机场，他们办完了所有登机手续，但是舒仪仍执著地往安检门外张望着。她希望奇迹出现，那个奇迹就是妈妈的身影，她泪眼婆娑，心情复杂，广播里不断响起他俩的名字:"请……到四号登机口登机!"

　　这一走，母女仿佛就成了陌路人。多少次，她打电话回上海家里，独居的妈妈总是不肯接。舒仪曾一度认为，极端的母爱才导致了如此的病态。可是，她并不知道，妈妈伤心的梦里，全是女儿幼时清脆的笑声。多少次，母亲一个人在家，也想给女儿反拨一个电话过来，但是，她最终都只拨了区号就停了下来。

母亲很早时候就与父亲离婚，所以，舒仪是妈妈一手带大的，可以说是相依为命。如今"身上掉下来的那块肉"已经不再属于妈妈了，她回忆起和女儿四岁时的一次对话，不禁会心一笑。

女儿问：妈妈，我是从哪里来的？

母亲答：你是妈妈身上掉下的一块肉啊。

女儿恍然大悟：难怪妈妈这么瘦！

屈指算着，女儿离开自己已经快八百天了。去年7号台风前夕，母亲在中央台新闻联播后，又准时地坐在电视机前看天气预报。她每天都特别关注福州的天气，因为女儿在那里，她以这种特别的方式继续爱着女儿，关注着女儿。

就在这时，电话铃响起来了，一看来电显示，还是福州的。今天已经三次拒接了，这次不知道为何母亲居然把话筒拿了起来。电话那头是女婿的声音："妈，舒仪生病了，你可不可以过来看一下……"母亲心一沉，几乎是撑着身体听完电话的。

第二天,母亲搭了第一班的飞机到了福州。机场,女婿接她的时候,她感叹一句:"原来没有我想象的远。"当她获知女儿在家里而不是在医院里,她的犟脾气又来了:"是不是你们骗我来的?"女婿只好坦白交代说,因为他和舒仪的女儿得了小儿肺炎不治夭折,都已经一个月了,舒仪还是没有从悲痛的心境里走出来。最近情况更是严重,丈夫她都不认识了……每次给她喂药,她都会极力地抗拒,有时甚至挥舞着菜刀,咆哮着:"你们都是凶手,想害我女儿,给我滚……"

听到这里,母亲老泪纵横,不停地喊着:"我的傻宝贝啊,我的傻宝贝……"当她步履蹒跚地跟着一行人刚进门,舒仪便举着刀迎了上来。危急之际,没有人敢上去,唯独六十多岁的老母亲,佝偻向前,哭喊着舒仪的乳名,舒仪无神的眼睛似乎闪亮了一下,扔下菜刀,坐在地上喃喃自语……

接着,老母亲一口一口地小心喂着已年过三十岁的舒仪。"真乖,再吃一口!"舒仪的母亲含泪声声地劝慰着,而舒仪则幸福如小宝宝地偎在她身旁,嬉皮笑脸的,那么轻松自在……

在场的人先是惊讶,之后都泪流满面。舒仪,她什么都忘了,唯一记得的,只有母亲。

经过一段时间的治疗,加上母亲寸步不离的陪护,舒仪终于清醒过来了。当她喊出第一声"妈"的时候,在场的人无不动容,医生说,这是奇迹,母亲是她最好的药。

情感箴言

qing gan zhen yan

> 　　母爱是一剂良药,时刻抚慰着儿女。当悲伤与不幸降临到这对相依为命多年的母女身上的时候,母亲放弃了所有的偏见,无微不至地照料生病的女儿,创造了生命的奇迹,谱写出了爱的赞歌。

父爱如灯

他原本在一家外企就职,一次意外,使他的左眼失明。他失去了工作,到别处求职,却因眼睛问题连连碰壁。挣钱养家的担子,便落在妻子肩上,日长月久,妻子开始鄙夷他无能,对他颐指气使。

她日渐感到他的老父亲是个负担,整天拖鼻涕、淌眼泪,让人看着恶心。她不止一次跟他商量,要把老人送到老年公寓去,他总是不同意。有一天,他们为这事在卧室里吵起来,妻子嚷道:"那你就跟你爹过,咱们离婚!"他一把捂住妻子的嘴说:"你小声点儿,当心让爸听见!"

第二天早饭时,父亲说:"有件事我想跟你们商量一下,你们每天上班,孩子又上学,我一个人在家太冷清。我想到老年公寓去住,那里都是老人。"

他一惊,父亲昨晚果真听到他们争吵的内容了!"可是,爸……"他刚要说些挽留的话,妻子瞪着眼,在餐桌下踩了他一脚。他只好把话咽了回去。

一个星期天,他带着孩子去看父亲。一进门,便看见父亲正和室友聊天。父亲一见孙子,就像见了心肝宝贝似的又抱又亲,还抬头问他工作怎么样,身体好不好……他好像被人打了一记耳光,脸上发起烧来。

"你别过意不去。我在这里挺好,有吃有住,还有得玩……"父亲看上去很满足,他的眼睛却渐渐蒙起一层雾来。

等到又一个星期天,他去看父亲,刚好碰到市卫生局的人动员老人们亡故后捐献遗体器官。很多老人都说,他们这辈子活得很苦,要是死都不能保个全尸,太对不起自己了。这时,父亲站起来,他问了两个问题:一是捐给自己的儿子行不行?二是趁活着捐可不可以?

父亲说:"我不怕疼!我也老了,捐出一个角膜,生活还能自理;可我儿子还年轻呀,他因一只失明的眼睛,失去了多少机会!要是能将我儿子的眼睛治好,我就是死在手术台上,都心甘情愿……"

屋子里静静的,所有人停止了谈笑,把震惊的目光,投向老泪纵横的父亲。

儿子满脸泪水,迈着沉重的脚步,一步步走到父亲身边,和父亲紧紧地拥抱在一起。

当天,他不顾父亲的反对,办好有关手续,接父亲回家。至于妻子,他已作好最坏的打算。临走时,父亲一脸欣慰地与室友告别。室友一把眼泪一把鼻涕地埋怨自己的儿子不孝,赞叹老人的福气。父亲说:"别这样讲!俗话说,庄稼是别人的好,儿女是自己的亲,打断骨头连着筋。自己的儿女,再怎么都是好的。你对小辈宽容些,孩子们终究会想过来的……"

说话间,父亲还用手给他捋了捋衣上的皱褶。他再次哽咽,感到父亲的爱,在他的眼前照出一条明亮的路。

情感箴言 qing gan zhen yan

　　父爱如灯,那是无限的宽容与慈爱,更是无私的奉献与祝福。父母为子女倾其所有,劳心费力,只为了一个"爱"字。愿此时,每一个儿女的心中都饱含对父母的感恩。

鲜花中的爱

父亲头一次送我鲜花是我九岁那年。那时,我参加了五个月的踢踏舞学习班,准备迎接一年一度的音乐会。作为新生合唱队的一员,我感到激动、兴奋,但我也知道,自己貌不出众,毫无动人之处。

真叫人大吃一惊,就在表演结束来到舞台边上时,我听见有人喊我的名字,而且往我怀里放了一束芬芳的长梗红玫瑰。我默默地望着那朵朵红得像滴血似的玫瑰,她们在一枝洁白的满天星衬托下,静静地绽放着独特的美丽和清香。我的脸儿通红通红的,注视着脚灯的另一边。那儿,我父母笑吟吟地望着我,使劲儿鼓掌。

从此,一束束鲜花伴随着我跨过人生的一个个里程碑。

快到我十六岁生日了。但这对我并不是一件值得快乐的事,我身材肥胖,没有男朋友。可是我好心的父母要给我办一个生日晚会,这愈发给我增加了痛苦。当我走进餐厅时,桌上的生日蛋糕旁边有一大束鲜花,比以前任何一束都大。

我想躲起来。我没有男朋友送花,所以我父亲送了我这些花。十六岁是迷人的,可我却想哭。我最要好的朋友弗丽在一边小声说:“呃,有这样的好父亲,真运气!”我情不自禁地捧起了那一束玫瑰,整个身心都沉浸在那怡人的馥郁中,花香弥漫成一团透明的雾气,细细密密地浸润着我的心田。我真就哭了。

时光荏苒,父亲的鲜花陪伴着我的生日、音乐会、授奖仪式、毕业典礼。

大学毕业了,我将从事一项新的事业,并且马上就要做新娘了,父亲的鲜花标志着他的自豪,标志着我的成功。这些花带给我的不仅是欢乐和喜悦。父亲在感恩节送来艳丽的黄菊花,圣诞节送来茂盛的百合,生日送来鲜红的玫瑰。后来有一次父亲将四季鲜花扎成一束，祝贺我孩子的生日和我们搬进自己的新居。

我的好运与日俱增，父亲的健康却每况愈下，但直到因心脏病与世长辞，他的鲜花礼物从不曾间断过。终于有一天，父亲从我的生活中逝去了，我将我买的最大最红的一束玫瑰花放在他的灵柩上。

在以后的十几年里，我时常感到有一股力量催促我去买一大束花来装点客厅，然而我终于没去买。我想，这花再也没有过去的那种意义了。

情感箴言
qing gan zhen yan

鲜花记录了女儿生命的历程，陪伴女儿幸福成长，其中蕴含着一种无形而伟大的父爱。鲜花使无形的爱化为有形，在感动的岁月里增添色彩。把一种爱寄托在心灵深处，这就是亲情的温暖。

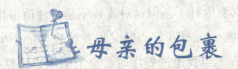

母亲的包裹

在我来苏州工作以前，母亲是不会寄包裹的，也没有寄过包裹。有一年的春节，在新加坡定居的姨妈寄来当地的时令水果。母亲拿到包裹后，首先看到包装盒上的邮资二十五美元，这是一个她无论如何也接受不了的数字。母亲一边嘟哝着豆腐变成肉价格，一边心疼着姨妈花去的钱。我吃着那些形状古怪、色彩绚丽的热带水果，心里嘀咕着：母亲未免显得太小气了吧。

去年夏天，从学校毕业，我离开家来到了苏州，八月的天气，潮湿闷热。到用人单位报到，找房子，搬行李……一堆的事接踵而来。对饮食的不习惯和初来对环境的不适应使我开始觉得浑身不舒服，躺在床上，头

晕目眩,四肢乏力。晚上母亲打来电话,问到一日三餐的事,我抱怨苏州的菜太甜,无意间流露出想吃母亲做的泡菜。没想到过了几天,我收到了从家里寄来的包裹。寄件人一栏是母亲规规矩矩的名字,我甚至能想象得到母亲第一次寄包裹写下自己姓名时那种神圣而虔诚的样子。打开包裹,盒子中间是结结实实装满泡菜的瓶子,瓶子的四周被细心地塞满小块的棉花。当几乎是等不到粥冷,就着泡菜一口气喝下第三碗粥时,我顿时发现全身通达舒畅,五脏六腑和谐熨帖,真是说不出来的惬意。原来母亲的包裹可以是一剂良药,一服下去,药到病除。

第二次接到母亲的包裹是十月的某一天,早上路过传达室,看门的老头叫住了我并递过来一个包裹。当一件鲜红的毛衣抖落在我的面前时,我才恍然大悟:今天是我二十四岁的生日。毛衣里还飘出了一张夹在里面的信纸。母亲问我最近怎么样,是不是工作很忙,也不给家里打电话。直到此时,我才发现自己对母亲是多么的疏忽,那些为不能打电话回家而找的借口是多么荒唐可笑。母亲的包裹是一面镜子,照出了我的卑微,也照出了母亲那颗高洁的心。

过年,我因为在单位值班不能回家。母亲寄来好多我最爱吃的牛肉干,没想到大受欢迎,被同事们一抢而空。打电话告诉母亲,电话那头的她满心欢喜,说再寄来。果不其然,几天后,又是一个沉甸甸的包裹放在了我的办公桌上。

前两天打电话回家,母亲的腰椎病又犯了,我说买点儿药寄回家,母亲突然又变得唠叨和固执起来,说邮费太贵省点儿钱——世界上有一种爱永远只求给予,不求回报,那就是母爱。

情感箴言
qing gan zhen yan

　　"儿行千里母担忧",一向节俭的母亲为了儿子,不辞辛劳地邮寄包裹,传递牵挂与爱的信息。神圣的包裹中寄予着慈母牵挂的心,包含着金钱无以匹敌的关爱。

父亲的恩惠

　　他从来不相信算命、预测之类的玩意儿,但他还是来到这个号称"明镜长老"的僧人面前。这个老僧虽然瘸着一条腿,却是家乡县城颇有名气的人物。

　　他沉重地叹息着,诉说自己的不幸:几乎打懂事时起,就没人关心他、爱护他、帮助他。长大后高考落榜、竞聘下岗、妻子离异……世界对他来说冷得像个冰窖。他愤世嫉俗,悲观厌世,看破了红尘。

　　老僧静静地听着,微眯着的老眼满含玄机。他讲完了,眼巴巴地等待着老僧为他指点迷津。老僧慢悠悠地捋着胡须问道:"这世上真的没谁在意你、关爱你吗?"

　　"没有。"他坚定地摇着头。

　　老僧似乎失望了,眼中凝滞着一层悲哀。良久,才举起指头提出三个疑问。第一问:"打从儿时上学到十八岁高中毕业,这期间真的没人照顾你、负担你的生活费和学杂费吗?"

他一怔，想到自己蹬三轮车的父亲。上小学六年，不论风霜雨雪，都是父亲呵护接送。母亲早早去世，父亲又当爹来又当娘，为他洗衣做饭，把他拉扯大。父亲十年没添新衣，寒冬腊月里，双脚冻得红肿流血还在蹬车为他挣学费。父亲说："再苦也不能误了孩子读书……"

第二问："人吃五谷杂粮，难免有病有灾。你生病的时候，难道也没人坐在你的床边？"

他脸红了，仍然想到自己的父亲。那年上高二，他得了急性肾炎，在医院躺了一个月，父亲日夜守护在他的身边。为了凑齐住院费，老人家还偷偷地去卖了血，当医生怀疑他是肾衰竭时，父亲哀求医生说："只要能治好我儿子的病，我愿意捐肾……"

第三问："当你落榜、下岗、婚姻变异遭受挫折磨难时，真的没人与你共渡难关？"

他低头无语，还是想到自己的父亲。落榜时，他在家躺了三天，父亲硬在他的身旁坐了三天，好言好语宽慰他，好茶好饭送到他手边。下岗那年，父亲掏出自己积攒的两千元钱，帮他租了一间书报亭……

他抬起头迟疑地对老僧人说："可是……他、他是我的父亲呀！"

老僧问："父亲的恩惠就可以不算恩惠吗？"

这一问，像重锤敲击他的心灵。是呀，他真的从没把父爱当一回事儿，在他的心目中，父亲对儿子的恩惠似乎是天经地义的。他想起自己读初一时同父亲拌嘴负气出走的事。那天，他在街上游逛了一天，饿得眼冒金星，他向卖馍的街坊大伯讨了一个馍，居然感激涕零地说："我一辈子忘

不了您的恩情……"父亲的养育之恩难道还不如一个馍?

老僧人说:"孩子,学会感恩吧——一个连父恩都不记得的人,怎会记得苍天给你的雨露、大地给你的五谷?怎会记得朋友移到你头顶的伞、路人给你的笑容?还有小鸟对你的歌唱、微风给你的爱抚……"

他面红耳赤,惭愧地向老僧作一长揖,告辞而去。

情感箴言
qing gan zhen yan

> 　　人应该在习惯了亲情的时候学会感恩。生活中太多的不如意,常常使我们思想麻木,别人的帮助被我们视为雪中送炭,但自己家人的爱却被看成理所应当,通过本文希望大家能够发现并且珍惜自己已有的幸福。

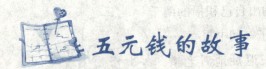

五元钱的故事

　　五元钱能够干什么?那一天我突然问自己。我四岁的女儿听见了,大声地说可以买两支冰淇淋。我什么也说不出来,我想起了父亲和五元钱的故事。

　　那一年父亲上完小学,并以优秀的成绩考取了县一中。正当他满怀希望地迎接新学年到来的时候,我爷爷对他说,别上了,在家里割草吧。父亲的梦一下子被打碎了,他整日地哭泣,并拒绝干任何事情。爷爷没有办法,最后说,你自己挣够学费,你就上。

　　学费是五元,对今天的孩子来说只是两支冰淇淋的价格,但对三十年前的父亲来说是一笔不小的数目。爷爷说这句话其实压根儿就没想让父亲去上学。

父亲沉默了好多天。最后他拿起镰刀，第一次向命运挑战。他冒着盛夏的酷热，钻进田间地头给生产队割青草，有时两天下来割的青草捆起来比他人还高，足有一百多斤。一百斤青草，生产队结算五个工分。那些年一个工分大约合五分钱，这样父亲最多的一天能挣到二角五分钱了，二十多天就能挣够五元钱。他一遍又一遍地计算着，仿佛一个登山者不断地抬头看着距离山顶的路。最后，父亲离自己的目标只有一步之遥了，再割一百斤青草，就凑够五元钱了。

那一天早上父亲起得特别早，他激动地走在田间小道上，仿佛看到了自己已身处课堂。那一天特别炎热，但父亲已顾不得了，拼命地割着草。汗水湿透了他的衣服，最后他感到头晕脑涨，迷迷糊糊举起镰刀一下子割在了自己腿上，血从他的腿上流出，他倒在了地上。等他从病床上爬起来的时候，县一中已开学半个多月了。而爷爷也说，为了给他治腿伤，花了十几块钱，学上不成了。

在我的记忆中，每当我跟父亲要钱的时候，他从来没有说过不给。甚至在外求学时，我想喂一喂肚子里的馋虫却谎称要订复习资料的时候，父亲也从未问我什么，而是东借西借也把钱如数寄来。直到有一天，父亲给我讲了五元钱的故事，我后悔地跑到校外树林里，把头撞到一棵小

树上,让疼痛减轻我内心的愧疚。从那时起,在校期间我便再也没有吃过食堂以外的任何食品了。

我感谢父亲给我讲的故事,让我再告诉我的女儿吧,也许长大了她会说五元钱能做很多事情,甚至,能改变一个人的一生。

情感箴言
qing gan zhen yan

五元钱,是"我"欲望的满足,更是父亲生命的缺憾。父亲心头永远的遗憾与辛酸,不但让我们更清楚金钱的价值,而且使我们懂得命运的无奈,激励着我们成长奋进。

卖报纸的父亲

早晨天还没亮,父亲就起床了,把头天晚上蒸好的两个馒头和装满冷开水的塑料瓶子悄悄放进绿色的挎包里,背起匆匆离开了家。

父亲卖报有几年了。我多次劝他别去卖报,退休了就在家里享享清福吧!他总是说:"等你成家以后,我就不卖了。"我不明白父亲为什么会这样说。

报纸批发站离家很远,父亲总是风雨无阻地第一个到达。

送报车一到,早已等候的报贩就蜂拥而上,将一摞摞的报纸争先恐后地抢着往自己的挎包里塞。他们当中有下岗工人、进城打工的农民、辍学的小孩。父亲挤不过他们,只好站在一边。批发报纸的老板挺照顾父亲的,每次都给父亲留着一摞。

拿到报纸后,报贩们就迅速四散开去,在大街上吆喝起来。父亲通常不在大街上卖,因为街上的报贩太多,而是把报纸拿到在市区和市郊间

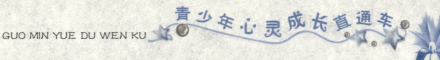

往返的铁路通勤列车上去卖——父亲是铁路退休工人。

车上报贩不多,只有两三个,比起大街上来说报纸要好卖得多。父亲左手腕托着一张硬纸壳,上面叠放着各种报纸,在上下班的职工和旅客当中不停地来回穿梭和吆喝叫卖。

冬天车厢里直灌着凛冽刺骨的寒风,父亲的双手长满了冻疮,裂开了口子;夏天车厢被烈日烤得发烫,父亲的衬衣上是一圈圈泛黄的汗渍,豆大的汗珠从满是皱纹的脸上淌下来。

列车沿途有六个站。为了多卖几份报纸,每次列车徐徐进站,还未停稳,父亲就从车上跳到站台上,趁停车间隙的几分钟,向站台上的旅客卖报。当列车重新启动时,又匆匆笨拙地跳上列车。这是非常危险的,弄不好就会卷入车底下,被车轮碾成齑粉。

父亲的早餐都是在车厢里忙里偷闲吃的。有一次,我上班看见父亲正气喘吁吁地坐在一只椅子上,左手拿着干冷的馒头,右手拿着塑料瓶,一口馒头一口水,艰难地咀嚼着,不时地用衣袖擦去脸上的汗珠。看见父亲疲乏的模样,我心里酸酸的。我对父亲说:"我来帮你卖吧。"父亲摇了摇头,慈爱地说:"好好去上你的班吧!"父亲每天就是这样不知疲惫地来回奔波着。

有一天,我告诉父亲我准备结婚了。父亲非常高兴,从柜子的抽屉里取出一个包裹,一层层打开,拿出一张存折颤巍巍递给我,说:"这里有三万块钱,是用我的退休工资和卖报纸的钱积攒下来的,再加上你自己存的钱,到单位去买一套房子吧!"霎时间,一股热流涌上心头,我的眼眶噙满了泪水,终于明白了父亲以前说过的那句话。

自从我结婚以后,父亲就再也没有卖报了。

情感箴言
qíng gǎn zhēn yán

操劳一生的老父亲,在儿子结婚之际,把辛苦卖报的钱交给了儿子,这寄予了深深的祝福和无限的期望。父爱的深厚往往就在简单的行为中体现,支撑他的是对儿子深沉隽永的爱。

父亲的收藏

父亲躬耕于偏僻乡野，却喜欢收藏书籍。

父亲的藏书内容丰富，五花八门。起初是用一个纸箱子装着的，后来又用上了大木头箱子，到现在已收藏了满满八大箱。由于藏书太多，他不得不在原本狭小的房子里单独设置了一间小书屋。

父亲喜欢藏书，却很少读它们。只是每隔一段时间，他就把书籍认真整理一遍。父亲说：虽然很多内容看也看不懂，但只用手摸摸也觉得很满足。真是应了一位作家所说的"抚摩也是一种阅读"。

父亲的藏书曾让不少走街串巷收破烂的人垂涎不已。但每次都被父亲板着的面孔堵了回去。他们一走，父亲便急急地走进书屋，细细地把书检阅一遍，好像那些收破烂的都长着许多无形的手，一进院子就能偷走什么东西似的。嘴里还不住地嘟囔：书是人的才气之所在，把书卖了，不就是等于把人的才气给卖掉了！其实，父亲的藏书，只不过是我们兄妹几个用过的课本，以及我们随读随扔的一些杂志。

每当逢年过节，我们几只出笼的小鸟一起飞回家中，父亲总

要在酒足饭饱之后让我们陪他一起整理那些书籍。目睹它们,我们仿佛又回到了遥远的从前,书上密密麻麻的笔记,真实地记录着我们曾经的努力和奋斗。用心良苦的父亲,您收藏的,哪里是书籍,分明是我们成长的足迹啊!

情感箴言
qing gǎn zhēn yán

> 时间如白驹过隙,父亲收藏着子女用过的书籍,借此来保存难忘的回忆。父爱是一种不可磨灭的真挚的情感,它是用心熔炼的爱的精华,凝聚了对子女成长的美好感悟和爱怜。

 继父节

每当母亲节或父亲节的时候,它会使我想到我们国家还缺少一个节日——继父节。

如果任何一个人都应该有自己的节日,那么继父节应该是那些用他们的爱心和谨慎,在一个重建的家庭里建立起自己位置的勇敢心灵的节日。这就是我们家里为什么会有一个我们称之为"鲍伯的节日"的原因。这是我们自己的继父节的版本,是根据继父鲍伯的名字命名的。下面是我们的继父节的由来。

当时,鲍伯刚进入我们的家庭。

"你知道,如果你做了伤害我母亲的事情,我会让你住到医院里去的。"正在上大学的男孩说,他比他的继父要魁梧得多。

"我会记住的。"鲍伯说。

"你不要告诉我我该怎么做,"正在上中学的男孩说,"你不是我的

父亲。"

"我会记住的。"鲍伯说。

正在上大学的男孩打电话回家。他的汽车在离家四十五英里的地方抛锚了。

"我马上就到。"鲍伯说。

副校长打电话到家里来。正在上中学的男孩在学校打架了。

"我立刻就去。"鲍伯说。

"噢,我需要一条领带与这件衬衫相配。"正在上大学的男孩说。

"从我的衣柜里挑一条吧。"鲍伯说。

"你必须穿个耳眼。"正在上中学的男孩说。

"我会考虑的。"鲍伯说。

"你必须停止在餐桌上打嗝。"男孩说。

"我会尽力的。"鲍伯说。

"你认为我昨天晚上的约会怎么样?"正在上大学的男孩问。

"我的意见对你有什么影响吗?"鲍伯问。

"是的。"男孩说。

"我必须跟你谈谈。"正在上中学的男孩说。

"我必须跟你谈谈。"鲍伯说。

"我们应该有一段继父和继子之间的共同经历。"正在上大学的男孩说。

"做什么?"鲍伯问。

"给我的汽车换油。"男孩说。

"我知道了。"鲍伯说。

"我们应该有一段继父和继子之间的共同经历。"正在上中学的男孩说。

"做什么?"鲍伯问。

"开车送我去看电影。"男孩说。

"我知道了。"鲍伯说。

"如果你喝了酒,不要开车,打电话给我。"鲍伯说。

"谢谢!"正在上大学的男孩说。

"如果你喝了酒,不要开车,打电话给我。"正在上大学的男孩说。

"谢谢!"鲍伯说。

"我必须在什么时间回家?"正在上中学的男孩问。

"十一点半。"鲍伯说。

"好的。"男孩说。

"不要做伤害他的事情,"正在上大学的男孩对我说,"我们需要他。"

"我会记住的。"我说。

这就是我们的鲍伯节的由来。

男孩子们为他们的继父买了一件他们能够一起玩的新玩具。鲍伯能够赢得孩子们的尊重对我们全家人来说都是一件值得庆幸的事,他似乎一直都在我们背后支持着我们。

情感箴言

qing gan zhen yan

"继父"顶住了情感生活的矛盾冲击,把自己无私的爱奉献给别人的子女,使每个子女都笼罩在父爱的光辉中,终于为自己赢得了"继父节"。父爱是一种博大宽容的胸怀,是爱的无际延伸,理解父爱就是理解生命。

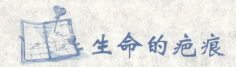

生命的疤痕

儿子喜爱表演,并且梦想当一名演员,但他的嘴角在小时候落下一个疤痕,很不好看。

在学校演出比赛中,他总想把上唇拉下来盖住丑陋的嘴角,结果洋相百出。回家后,他伤心地哭了。

父亲看着伤心的儿子,心里已经明白八九分,劝说道:"孩子,陪爸爸上山走走!"

儿子默默地点点头,跟着父亲上山去了。一进入山林,他的眼睛就不够用了——一会儿瞧瞧这棵又粗又直的红松树;一会儿又摸摸那棵光滑如肤的白桦树。

在一棵古老苍劲的白桦树下,儿子呆呆地望着发愣。父亲走过去,拍着儿子的肩膀问道:"孩子,你怎么了?"

儿子回过头问道:"爸爸,这棵白桦树的身上,怎么会有这么多的眼睛呢?"

"那不是眼睛,而是树的疤痕啊!"父亲回答道。

"这么好看的眼睛,怎么能是树的疤痕呢?"儿子不解地反问道。

"这是真的,孩子!如果没有这么多的疤痕,它又怎么能长成参天的大树呢!不信你去看看——越是粗老的大树,身上的疤痕就越多!"父亲认真地回答道。

儿子不相信地又认真地看看这棵,又仔细瞧瞧那棵——可不,原本光滑如肤的树干竟暗藏着凹凸不平的疤痕呢! 他好奇地问道:"爸爸,这些疤痕是怎么留下的呢?"

父亲回答道:"这些疤痕一方面是大自然的风雨雷电留下的标志;另

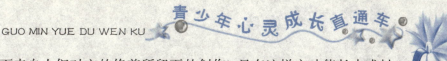

一方面来自人们对它的修剪所留下的创伤!只有这样它才能长大成材啊!人也一样,由于各种原因,我们一生留下了永不磨灭的伤疤,这就像我们在雪地上走过,必然留下痕迹一样。"

儿子听后自言自语地重复道:"人就像树一样,一生中也会留下许多疤痕!"

父亲又正言道:"但是,树木不会因为有伤疤而就此倒下,因为疤痕标志着曾经受过磨难与挫折。这就像我们劈过木头,有疤痕的地方也就是木头最硬的地方,别处一斧头下去也许就劈成两半了,可是斧头落在疤痕处,就像你碰到石头一样。"

儿子一边不住地点头,一边抚摩着树上的疤痕……

父亲又接着说道:"孩子,你很有表演的天分,爸爸知道你这次表演时过分地掩饰嘴边的疤痕,所以,孩子!你听着——观众欣赏的是你的表演,而不是你的疤痕。他们需要的是你带着疤痕的表演,你不要把你的疤痕掩饰起来,要给人们一个原色的你——这就是'疤痕'的作用!它是尊贵的苦难的标志,更是崭新的坚固的堡垒。伤过以后,疤痕就成了你身体最坚强的部分,让你更顽强地面对人生!"

从此,儿子接受了父亲的忠告,不再去注意自己的疤痕。从那时开始,他只想表演,热情而高兴地表演,最后甚至有许多观众还学着他的样子去表演呢!

情感箴言
qing gan zhen yan

　　嘴角的疤痕给孩子带来了心灵的创伤,父亲以白杨树为例,鼓励孩子克服心理上的障碍,成就了孩子快乐的人生。生活的历程艰难重重,父母总能陪在子女身边,以一颗真心和全部的心血帮助孩子健康成长。

礼 物

　　他推着那辆崭新的"安琪儿"慢慢走着，想起女儿看到这辆自行车时将有的雀跃欢呼，他不由自主地笑了。他知道一辆自行车对女儿的意义。

　　女儿很不幸，他总是这么认为。在她最需要母爱的时候，却失去了母亲。当时，他就暗暗发誓，今后，他会将他此生所有的爱都交给女儿，女儿将是他的唯一，将会是他所有的财富，他定会让女儿享受到别人所能享受的全部的爱。但是……

　　他只是一家小工厂的小工人，每月那点可怜的收入除了父女俩的生活费后所剩无几。别的孩子一年四季总有新衣服穿，女儿却一年到头总穿着那件洗得发白了的校服；别的孩子可将大把大把的钱扔进电子游戏室，而女儿仅有的娱乐就是帮那个几年前花一块五毛钱买的洋娃娃梳梳头；别的孩子每天都是坐在饭桌前便有饭吃，可女儿却差不多负担了所有的家务活……这一切，使他对女儿产生了一种深深的内疚感：女儿弱小的双肩本不该承受这一切呀！

"没妈的孩子真可怜。"一听到邻里这样议论,他心里就像被针扎着一样疼。"爸爸对不起你。"他曾对女儿这样说。"不,爸爸。别人有的我都不稀罕,可我有的,别人却永远无法得到,我得到了一个天下最好的爸爸的爱。"女儿却是这样回答他的。那一夜,他落泪了。

是的,他太对不起女儿了,他曾发过誓要让女儿成为最幸福的人,可事实上,他却连一个孩子应该享受的最起码的生活都不能保障!"总有一天我会证明的,有新衣服穿并没什么了不起!"女儿说到了,也做到了,他为有一个这样的女儿而骄傲。每一次的考试,每一次的学科竞赛,女儿总是第一。他不知道别人家里是怎样来表达自己的自豪感,是怎样来庆祝的,他能做的,就是让女儿吃上一顿她爱吃的菜。

女儿快十五岁了。"等你再拿到一个第一,爸爸买辆自行车送你。"女儿的眼睛亮了一下,随即又黯淡了下来。"不,爸爸,我真的不需要。"虽然女儿这样说,但他明白,一辆自行车对女儿的意义。

上小学时,别的孩子总有车接送,他却只能每天牵着女儿的小手陪她走到学校。现在女儿上了中学,不用他送了,可他知道,学校离家更远了,别的孩子都骑自行车,可女儿……每当刮风下雨,女儿回来总是一身泥水一脸疲惫,他见了不知多心疼。也曾有个好心的同学用自行车载女儿回家,在路上却遇见了交警,那同学被罚了十元钱,女儿从此便不再让同学载。她的心里有一种对同学深深的愧疚,女儿那个年龄的孩子,总爱把所有的责任都往自己身上推,况且,女儿是个自尊心很强的人。他也曾每天给女儿五毛钱让她乘公共汽车,女儿收下后却在他生日那天送了他一双不很名贵却足以让他珍惜一辈子的皮鞋,女儿也知道,他太需要一双皮鞋了。女儿真的很乖。他为有这样的女儿而骄傲。

这次考试后,他发现女儿沉默了许多,考试成绩也迟迟没有告诉他,他隐隐猜出几分,却什么也没问,他决定了,无论如何,他一定会在女儿生日那天实现自己的承诺。

今天,就是女儿十五岁的生日,一大早,女儿出乎意料地主动给他看了成绩,那是一个比以往任何一次考试都低许多的分数。"没关系的,要相信自己。"他擦干了女儿眼角的泪,对她说。

尽管女儿没得到第一,他仍旧去了商店。挑来挑去,那些时下流行的山地车价钱实在太贵了,他也实在没法负担。最终,他选了一辆"安琪儿",红色的,红色代表希望,女儿一定喜欢。

回到家,女儿已经将饭做好了。"来,看看爸爸给你买的生日礼物。"他拉着女儿的手说。女儿诧异地跟他出了家门,蓦地,女儿惊异了。

一滴,又一滴……他这才发现,女儿的泪正一滴一滴往下落。"喜欢吗?"他问女儿,半晌,女儿才抬起头,"爸爸,对不起。""傻孩子,十五岁了,还尽说傻话。"他摸了摸女儿柔软的头发,又轻轻擦去女儿脸上的泪,"你长大了。"他长长舒了一口气,这才发现,女儿眼里竟又蓄满了泪。"怎么了,你哪儿不舒服吗?"他焦急地问,女儿慢慢抬起头,轻轻地说:"其实,爸爸,这次我仍是第一。"

情感箴言
qing gǎn zhēn yán

在一个缺少母爱的家庭中,父亲以阳光般的爱呵护着女儿的成长。父女在搀扶与理解中,把对爱的理解溶入生活,谱写出亲情的礼赞,如同一股暖流沁人心脾。

上帝的惩罚

男人从儿子出生的那天起,就像天下很多父母一样,对儿子百依百顺。

儿子两三岁时,男人整天把儿子顶在肩上,有很长一段时间,男人脖颈上总是温湿的一片,那是儿子尿的。

　　渐大,儿子喜欢把男人当马骑,儿子说一声"我要骑马",男人便趴下来,儿子跨在男人身上,大喊:"驾——"男人在喊声中满屋子转,这段时间,男人所有裤子的膝盖都打了补丁。

　　一天,儿子看见天上的月亮又圆又亮,居然生出让男人摘月亮的想法,儿子开口说:"爸爸,我要月亮。"

　　男人满足了儿子,男人拿了一个盆,里面装满了水,男人把盆放在月光下,盆里,真有一个月亮了,儿子趴在盆边,大叫着说:"月亮在里面。"

　　儿子上学时,男人每天送出接进,男人总是提着书包走在儿子身后,这段时间,男人是儿子的书童。

　　儿子从小学到中学,又从中学到高中,到大学,再到分配工作结婚生子,这岁月不是一天两天,而是十几二十年。男人对儿子有求必应倾其所有,男人通常衣不遮体,儿子却西装革履;男人饥肠辘辘,儿子却饱食终日,男人为儿子付出了毕生精力。岁月无情,男人在儿子年轻有为时老朽年迈了。

　　男人变成老人了,然而让这个老人没有料到的是,当他应该颐养天年时,儿子却把他扫地出门了。老人在被儿子推出门时,大叫:"你不应该这样对我呀。"儿子没理睬老人,"砰"地一声把门关了。

老人在流浪街头的很长时间里,常常老泪纵横。老人看见一个人,便说:"他不应该这样对我呀,我连天上的月亮也帮他摘过,就是没把心挖给他。"又看见一个人,又说:"他不应该这样对我呀,我连天上的月亮也帮他摘过,就是没把心挖给他。"再看见一个人,还这样说,没人嫌老人啰嗦,都嘘唏不已,陪着老人伤心叹息。

一个电闪雷鸣的晚上,老人蜷缩在人家的屋檐下,饥寒交迫让老人大哭不已,老人在一道闪电过后呼号起来,老人说:"上帝呀,你睁开眼睛看看我受的罪吧。"

上帝没有出现,但一个比老人更老的老人在一旁开口了,老人说:"这就是上帝的安排。"

老人听了,看着那个更老的老人说:"你是上帝?"

更老的老人回答:"我不是上帝,但我知道这是上帝的安排。"

老人说:"你是谁?"

更老的老人说:"你看看我是谁?"

老人借着闪电,一次一次地端详着更老的老人,但老人始终不知道更老的老人是谁,老人后来摇了摇头,问那个更老的老人说:"你到底是谁?"

更老的老人开口了,他说:"你连自己的父亲都不认识,——上帝怎么会不惩罚你?"

老人这才想起,他的老父还在世上。

情感箴言 qing gan zhen yan

"不养儿不知父母恩",儿女被父母视为珍宝,可又有多少儿女真正体会过父母的感受?亲情是骨肉相连的浓情,是忘我无私的爱的奉献。沐浴在爱中的我们,怎能忘记父母的养育之恩,怎能不感激呢?

拐 杖

雨下得很大，很冷。

教室里，北悄悄地对南说："瞧！那边墙角落里缩着一个瘸子。"

南往窗外望，轻轻地问："哪儿？"

北伸出食指朝那儿一指。果然，远远的墙角落里，一个汉子，一手撑着拐杖，一手提着沉甸甸的米袋，立在那儿。

南的眼里闪过一道亮光。

北察觉南抑制不住的激动。问南："你认识那个瘸子？"

南说："那不是瘸子。"

北说："不是瘸子，又是啥，明摆着，他不是撑着拐杖吗？你认识他？"

南摇了摇头，心无法平静。

下课了。雨下得更密密匝匝了。

北发现南冒雨偷偷地跑到了墙角落，和那个瘸子比比划划、亲亲热热地交谈着。

南回来，北马上追问："南，你还是说说那瘸子，他是谁？"

南说："那不是瘸子。"

北说："不是瘸子，用拐杖干吗，你会不认识他？"

南摇了摇头，盯着北不语。

北说："难道是你爹？你爹是个瘸子？哈哈哈……你爹原来是个瘸子……"

南的脑袋嗡嗡嗡地直叫，他的小手紧紧地攥成了小小的拳头。"啪"地一响，北"哎呀"跌在了地上。教室里，哄堂大笑。

铃响了，北报告了老师。

老师问南："干吗打北？"

南咬了咬牙，倔强地在课堂上立满了四十五分钟。

放学了，雨仍淅淅沥沥地下。

南送父亲出校门，南说："爹，下个月的米，我自己回家拿，你大老远的送一趟很辛苦。"

父亲一手撑着拐杖，一手拎着米袋，仿佛什么也没有听到。

南又说："爹，下个月的米，我自己回家拿，好吗？"

父亲笑了笑，说："南，你好好念书，其他什么也别想，下个月的米我按时送来。"

望着父亲一瘸一瘸远去的背影，南忍不住落下了泪水。

雨停了。夜晚的教室静静的。

父亲一瘸一瘸的背影，铿铿锵锵的拐杖声，平平仄仄地击打着南的幼小心灵。

南偷偷地翻开珍藏的日记本。一笔一画，一笔一画，写下刚劲有力的两个大字——"拐杖"。

一股丹田之气，溢满了他的全身。

南的心在不断地升腾。

情感箴言　qing gan zhen yan

> 拐杖的铿锵声，不仅打在南的心中，也在每个人的心中回荡。在平静中感受温情，在风雨中感受温暖，这就是亲情——值得所有人赞叹的亲情。

特殊营养品

自从一对双胞胎儿女考进了县一中，王子龙就成了供需处长，每月一号都要上一趟县城，给儿女送营养。转眼到了高三下学期，离高考还剩不到半年的时间，这可是最后的冲刺阶段，他哪敢马虎？刚到一号就收拾好东西往县城赶。

以往王子龙送营养，儿子小俊的那一份总比女儿小玉的那一份要多，小俊肚子大，能吃。可这次却反了过来，儿子小俊的那份只有基本生活费，而女儿小玉的那份除了生活费外，还有补脑的、补血的各种营养品。

看到老爸将一大包营养品全部给了姐姐小玉，小俊急了，说："我的呢？"王子龙冷冷地回答："没有。"小俊问："怎么没有？"王子龙说："姐姐学习成绩好，吃了好考重点。你吃了搞么事？像你这样读书，还不是把东西往河里丢。"

王子龙的话像一条鞭子，重重地抽打在小俊的身上。小俊做梦也没有想到，一向疼爱他的老爸竟说出这样的话来。东西不给他没什么，这话太伤他的自尊心了。姐姐小玉见他一张英俊的小

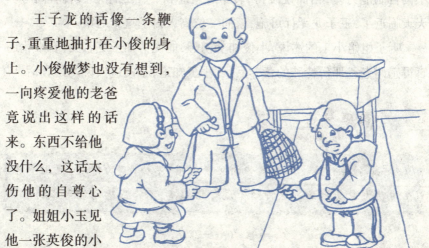

脸变成了猪肝色，忙将营养品往他手上塞，小俊一把推开小玉的手，扭头愤愤地对王子龙说："不稀罕！你看好了，没有你的营养品，我一样考上重点大学！"

自此以后，小俊像变了个人似的，一心扑在学习上。他再也不和班上那几个小哥们到网吧上网聊天了，有时连饭也忘了吃，幸好有姐姐小玉的照料。

功夫不负有心人。经过近半年的拼搏，小俊和姐姐小玉一样，以优异的成绩考取了北京大学。接到通知书那天，小俊有点扬眉吐气的感觉，忍不住提起了那天爸爸送营养品的事。见他仍然愤愤的样子，小玉问："此刻你最想感谢的人是谁？"小俊说："当然是咱老爸啦，如果不是他那天给我送来了特殊营养品，我能有今天吗？"小玉知道小俊心里还在怨恨爸爸，就装起了糊涂，顺着他的话说："看来我的弟弟不傻呀，懂得知恩图报。"接着，小玉就告诉了小俊爸爸这样做的缘由。

小俊读初中时，成绩并不比姐姐小玉差，而且接受能力比姐姐小玉还要强，很被老师看好，王子龙也对他寄予了厚望。但考进县一中后，小俊学习却不那么用心了，经常和班上几个小哥们偷偷跑到网吧去聊天打游戏，这样，成绩就慢慢落下来了。王子龙知道这个情况后，心里很着急，每次上县城总要苦口婆心地对小俊讲一番大道理，要他好好读书，但小俊自制能力差，当面说晓得，转个背就忘得一干二净。眼看着高考一天天临近了，王子龙无计可施，就向一位高人讨了这个对策。

听了姐姐小玉的述说，小俊如梦初醒，他说："知子莫若父，看来我还真得感谢老爸那份特殊的营养品。"小玉知道，小俊这次说的是真话。

情感箴言 qing gǎn zhēn yán

"知子莫若父"，用心良苦的父亲利用"不公平"的待遇，把儿子潜在的动力激发出来。这种望子成龙的心情，不是用感动能形容的。

母爱的披肩

晚上,我带着母亲一起逛商场。在天河城,我看中了一件黑色羊毛钩花披肩,点缀着许多银色的珠片,华美得让人心醉。我顿时爱不释手。导购小姐亲切婉转的声音在耳边响起:"小姐,这条披肩款式是意大利设计师设计的,很适合你的气质。今天刚好打折销售,才六百二十元。"母亲立刻用家乡话惊呼起来:"这件小小的东西值那么多钱呀!真不划算。"我也嫌贵,于是对小姐抱歉地一笑,放回了披肩。

路上,母亲还在唠叨:"一条披肩竟要那么多的钱,广州人的钱真不是钱。"打了一辈子毛衣的母亲当然无法理解一条名牌披肩的价值,我也懒得与她解释,解释了她也不会懂。

"那种花形我也能钩。我明天就去买毛线,为你钩一件一样的。"

我一听,赶紧劝阻:"妈,你好不容易来广州一趟,我准备这个周末带你四处转转,你就别找事累自己了。"

母亲说:"广州有什么好玩的,车多人多,站在马路上我的心就发慌。那条披肩我看得出你很喜欢,正好我在这,可以为你钩织一件……"

第二天母亲就买回了毛线和珠片,说一定要在她有限的几天时间内为我钩织出一条完美的披肩。我劝不了她,只有取消了周末带她游广州的计划。几天后的一个下午,从公司下班后我信步迈进了商场。同所有女孩一样,逛商场、看美服是我乐此不疲的事。在"宝姿"女装专柜,我如惊鸿一瞥看上了一件白色的长裙。柔滑的料子、素白的色泽,流畅的腰线。我试穿后,便再也不愿脱下来。我一咬牙,把刚发的薪水递了过去。

我高兴地提着衣服回了家,告诉母亲只花了一百多元。晚上睡在床上,想象着明天女同事围上来的光鲜场面,欣喜不已……

第二天早晨起来,抖开裙子时我脸色大变,我冲母亲嚷了起来:"妈,你怎么把商标拆了,谁让你拆我衣服商标的?"母亲惊奇地望着我,小时候,她为了呵护我娇嫩的肌肤,我的每一件贴身衣服她都会小心地拆掉后颈的商标。她没有想到,她多年的习惯会让今天的我生了气。

母亲忐忑地望着我,问:"怎么了,这个商标很重要吗?"我继续对母亲喊着:"当然重要,你知道吗?这件衣服是名牌,花了我一千多块呢!如今商标没了,我公司的那些女孩还不笑话我是从街头小商店淘出来的便宜货?"我赌气地扔下衣服,没吃母亲买回的早餐,去了公司上班。

坐在公司里,想起因为小小的虚荣心而对母亲发了火,心里越来越后悔。下班后回到宿舍,准备向母亲道歉,没想到看到的竟是母亲的留言:小颖,妈妈回家了。披肩我钩好了放在枕头边。另外抽屉里有我留下的五千元钱。以后花钱不要再大手大脚了,买一件衣服花了那么多钱,真浪费啊……

我的心猛地一抽,母亲走了,她那么爱我,我却让她带着伤心走了……

半个月后的公司联谊舞会上，我披上母亲为我钩织的披肩出现在众人面前。满场的女人望着我，眼里流露出羡慕的光芒。她们称赞着："这条披肩真漂亮，你是在哪家大商场买的呀？"我一犹豫，便如实回答："这不是买的，是我的母亲亲手为我钩织的。"

她们更加惊叹、艳羡，说："你母亲的手真巧。你太幸福了，有一位这么爱你的母亲，钩织这样一条披肩，要费多大的劲啊！"

我望着身上灿若星辰又纷繁复杂的披肩，想起了母亲埋头钩织的几个日日夜夜，一种巨大的感激和骄傲从心田汹涌而来。我体会到了，原来母爱才是这世界上无与伦比的名牌……

情感箴言
qing gan zhen yan

在细微的体贴中品味母爱，即使一件小小的披肩，也可以成为世界上无与伦比的名牌。母亲以其宽广的心胸、无微不至的关怀，把幸福悄无声息地带到你的面前。

母爱震天

在土耳其旅途中，巴士行经1999年大地震的地方，导游说了一个感人的故事。故事发生在地震后第二天……

地震后，许多房子都倒塌了，各国来的救难人员不断搜寻着可能的生还者。两天后，他们在缝隙中看到一幕难以置信的画面——一位母亲，用手撑地，背上顶着不知有多重的石块，一看到救难人员便拼命哭喊着："快点救我的女儿，我已经撑了两天，我快撑不下去了……"她七岁的小女儿，就躺在她用手撑起的安全空间里。

救难人员大惊,卖力地搬移在上面、周围的石块,希望尽快解救这对母女,但是石块那么多、那么重,怎么也无法快速到达她们身边。媒体拍下画面,救难人员一边哭、一边挖,辛苦的母亲一面苦撑等待着……

救援行动从白天进行到深夜,终于,一名高大的救难人员够着了小女孩,将她拉出来,但是,她已气绝多时,母亲急切地问:"我的女儿还活着吗?"

认为女儿还活着,是她苦撑两天的唯一理由和希望。

这名救难人员终于受不了,放声大哭:"对,她还活着,我们现在要把她送到医院急救,然后也要把你送过去!"他知道,如果母亲听到女儿已死去,必定失去求生意念,松手让土石压死自己,所以骗了她。

母亲疲惫地笑了,随后,她也被救出送到医院,她的双手一度僵直无法弯曲。

隔天,土耳其报纸头条是一幅她用手撑地的照片,标题为"这就是母爱"。

长得壮硕的导游说:"我是个不轻易动感情的人,但是看到这则报道,我哭了。以后每次带团经过这儿,我都会讲这个故事。"

其实不只他哭了,在车上的我们,也哭了。

情感箴言
qíng gǎn zhēn yán

母爱,它把一个柔弱的女子变为一个坚强无畏的母亲。两天耗尽心力的支撑,双手创造的是生的希望。这就是伟大的母爱,以子女为生命信念的母爱。

谁是应该感谢的人

那天，我带上新婚妻子莹莹回农村老家。回家前的两天，莹莹就感到很兴奋，自小就生活在城市的她，还没去过农村。她买来许多礼物给我父母，装了两个大包。到家后，来不及休息，莹莹就把给父母的礼物一件件地拿出来。父母不知该如何是好，母亲说："这……这……"我知道父母都是忠厚老实、不善言辞的庄稼人，慌忙打圆场说："这都是莹莹孝敬你们的，她说要做个孝顺媳妇。"父亲听了，笑了一下说："好……好……"

吃晚饭的时候，我觉得莹莹的情绪有些不对，认为可能是旅途劳累的缘故。吃完饭，我们就早早休息了。我问莹莹："你不舒服吗？"莹莹摇摇头。"那你怎么显得不高兴？"我关切地问。

"我问你个问题,你别生气。你父母是不是不喜欢我?我买了那么多礼物,他们怎么连一句谢谢都不说。"莹莹说,语气里透着不满。

我赶忙解释说:"我父母都是庄稼人,他们不习惯说'谢谢'。你别在意。"莹莹不说话了,翻个身,很快就睡着了,我却很难入睡。我心里想,莹莹可能生气了,这是她第一次来我家,也是第一次见我父母,应该让他们彼此都有个好印象。想到这儿,我披衣下床,来到父母的房间。他们还没睡,父亲正坐在床头抽烟,母亲还在拾掇东西。我随便和他们聊了一会儿后,才说到主题。我说:"爹、娘,莹莹给你们买了那么多东西,你们今天怎么连句谢谢的话都没说?她是城里人,很计较这个的,你们别给她留下不懂礼貌的印象。"

我的声音很小,但是却一下子使父母都呆了。母亲停下手中的活儿,低下头,摸着衣襟。父亲则停下抽烟,瞪大眼睛看着我,仿佛我是个突然闯入的陌生人。我们都保持着沉默。我觉得气氛不对,给父母说句"早点休息"的话就走出了房间。

第二天早晨,我和莹莹起床后,我打开门,却看见母亲站在门口,一脸憔悴的神情,眼睛也有些红。莹莹愣了一下,然后说:"早上好,妈妈。"母亲走到莹莹面前,抓着莹莹的手说:"孩子,谢谢……谢谢你给我和你爸买那么多东西。"

母亲的话让莹莹感到很突然,她看看母亲,又看看我,不知说什么好。我顿时明白了一切,心里不知道是什么滋味。吃早饭的时候,父亲盛了饭,夹了些菜,坐在厨房里自己吃起来,我和莹莹怎么劝他到正屋的餐桌上吃,他都不去。隐隐约约之中,我觉得父亲是在生我的气,他在用自己觉得合适的方式抗议我。本来有些饥饿的我再也没有胃口吃饭了。

上午,我找了个机会,悄悄地问父亲:"爹,你生我的气了?"

父亲白了我一眼说:"我这土包子哪敢生你城里人的气。"

果然不出所料,我昨天晚上的话伤害了父亲。可是,我并不觉得自己有错,莹莹买那么多礼物,他们不应该说声谢谢吗?我解释说:"爹,你别生气,莹莹是城里人,很注重礼节,你们说声谢谢也是应该的。"

没想到,我这一句话激怒了父亲,他对我吼道:"谢谢!我和你娘养你这么多年,怎么没听你说一句谢谢?你现在是城里人了,看不起爹娘了,爹娘给你丢人了!你娘昨夜一夜都没睡,她不停地责怪自己!我问你,你娘犯什么错了?"

父亲的话犹如当头一棒,我傻呆呆地站在那里。父亲点了根烟,叹了口气,慢悠悠地说:"你娘生下你弟弟的第二天晚上,你发高烧,我不在家,你娘不顾虚弱的身子,抱着你趟过河去看医生,十月的河水有多冷呀,你的烧退了,病好了,可是你娘的腿从那以后便常常疼,到了阴天下雨更是疼得要命,那还不是为了你,你长这么大也没说一句谢谢她的话吧。"父亲的声音不大,但是,每一句话每一个字都令我觉得如针扎在心上。

我的脸火辣辣的,愧疚的泪水如断线的珠子滚了下来。

qing gǎn zhēn yán

> 一句意味深长的"谢谢",造成了两代人的矛盾。父母多少年含辛茹苦,不求回报的养育之恩,又岂是一句"谢谢"所能详尽的?常怀感激之心,珍视父母的爱,这才能明白感谢的真正意义。

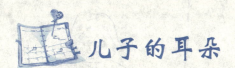
儿子的耳朵

"我能看看我的孩子吗?"同天下所有的母亲一样,这个刚成为母亲的女人,急切地问道。刚刚经历的巨大阵痛已经消失得无影无踪,她一脸的阳光灿烂。于是,护士小姐把襁褓递给了这位幸福的母亲,她自己却迅速地转过身,朝窗外看去。抱着自己的小天使,母亲的心都融化了。

多美啊!粉嫩的小脸、软软的头发,母亲迫不及待但又小心翼翼地解开了襁褓。一下子,她惊呆了!那么完美的小脸上居然没有耳朵!"耳朵在哪儿?我儿子的耳朵在哪儿?"她不敢相信自己的眼睛,"不会的,不会的……我的儿子怎么没有耳朵?……"

物换星移,孩子一天天长大了。幸运的是,他的听力没有任何问题;不幸的是,他永远和别人不一样,他的头部就贴着这个异样的标签。全家人对此讳莫如深,好在儿子毕竟年幼,不谙世事。但终于有一天,放学回家的儿子,泪流满面地一头扑进了母亲的怀里:"妈妈,我再也不上学了……"伤心的泪流在儿子的脸上,却流进了母亲的心里。知道这一天迟早要到来,但真的到来了,还是那么令人难以接受。经过询问,儿子说出了当天的事情经过。原来,有个高年级的大男孩欺负他。那个男孩毫不留情地骂道:"你滚,滚回家去。你怎么和别人不一样呢?你的耳朵呢?一个怪物……"听着儿子号啕大哭,妈妈的心仿佛在流血。"孩子,我们只有接受这个现实。你要坚信,你不比别人差,你和别人一样优秀……"

也许是对不幸的补偿,除了那一点缺陷外,儿子几乎完美无缺。他不仅高大英俊,而且对文学艺术有着常人难以企及的天赋。有一天,父亲终于专程去拜访了一位资深的医学专家。了解这位父亲的痛苦后,这位专家同情地说:"只要有人肯为你儿子捐献出耳朵,我不仅负责把它装上去,而且我能做到看起来天衣无缝。"

但谁肯作出这么大的牺牲呢?两年过去了,终于有一天,父亲对儿子说道:"孩子,告诉你一个好消息。我和你妈妈已找到了一个人,他愿意为你捐献耳朵。只是他要我们为他保密。"

手术非常成功,一个崭新的人出现了!完美的外表加上优秀的天赋,让他的中学乃至大学的校园生涯一路凯歌。后来他结婚了,并成为一名风度翩翩的外交官。

现在,儿子已是一个成熟的男子汉了。对现在的他来说,耳朵的缺失已不再像当年那么重要,但在人生的里程中,那一段曾是怎样的痛彻肺腑啊!于是,他对爸爸坚决地说:"爸爸,我必须要知道是谁为我付出了那么多?我一定要报答他。现在我有这个能力了……"父亲说:"孩子,我相信你不能。根据协议,你现在还不能知道。"

这一天终于到了。也许对儿子来说,那是最黑暗的一天!他和父亲站在母亲的梳妆台旁。父亲温柔地、体贴地揭开了母亲那红褐色的、有点花白的、几乎从未理过的厚厚的头发。妈妈,妈妈没有了耳朵……

情感箴言
qíng gǎn zhēn yán

> 父母为子女没有不能割舍的,为了使子女更完美,他们作出任何牺牲都在所不惜。这就是亲情的伟大与无私,这就是生命中最值得珍视的宝藏。

鸭 蛋

妈用房檐下挂着的一长串苞米换回了四只摇摇摆摆的小鸭子。从此,每天放学后我有了一项放鸭子的工作。妈说:"二勇,鸭子长大了就能下蛋,下了蛋,妈就煮给你吃。"我不由自主地"吧嗒、吧嗒"嘴儿,妈的话里有一股香甜的鸭蛋味。

四只鸭子好像特别理解我的心情,都很争气地迅速长大了。从长着黄绒毛的小不点儿,变成了披着白羽毛的大鸭子。几乎每天我都要问妈,它们什么时候能下蛋。我一问,妈就仔细地看看鸭子们,说:"快了,用不了几天了,二勇就要吃到鸭蛋了。"妈的话让我充满希望,我在鸭栏的角落里放下一捆稻草,对每只鸭子嘱咐一遍:"记住,你有蛋不要随便乱下,一定要到草上去下。"

一天放学回家,妈捧着两只手说:"二勇,猜猜妈手里有什么?"我一下喊出了"鸭蛋"两个字。妈打开手,在她的掌心里果然躺着一颗鸭蛋。鸭蛋是椭圆形的,蛋皮上泛着淡淡的绿光,看上去美极了。当晚,我尽最大的努力放慢进食的节奏,从蛋清到蛋黄,一点儿一点儿地吃下了那只漂亮的鸭蛋。鸭蛋的味道和我想象的一样香甜,仔细品品好像还有一股特别的滋味。妈说:"那是你劳动的味道。"

从那天以后,我放鸭子的热情更高了。鸭子们也善解人意,下蛋的热情高涨,每天放学后,妈都会给我一只鸭蛋。

除了鸭子,我家还养了两头猪。妈每天都要到地里给猪挖一篮子野菜。最近一段时间,我发现妈每天挖菜回来都非常晚,我想,也许是附近地里的菜不多了,妈去了更远些的菜地。

有一天晚上,在河边放鸭子时我遇到一个打鱼的老爷爷。他指着我的鸭子夸它们长得好。我自豪地扬着头说:"当然了,它们每天都下一只蛋呢!"老爷爷看看鸭子,

摇摇头说："公鸭子也能下蛋，没听说过，从来没听说过。"老爷爷走远了，我心里却有些疑惑，难道我养的真是公鸭子吗？那鸭蛋又是哪来的呢？

　　我提前赶着鸭子回了家，妈还没回来。把鸭子关进栅栏里，我躲在杨树后，盯着妈挖菜回来的那条路。过了一会儿，妈从路上走了过来。让我纳闷儿的是，她的胳膊上不是一只菜篮，而是一左一右挎着两只菜篮。经过家门口时，妈没进家门，径直向村子里走去。我一路跟着妈，最后来到了小强家门前。妈把一篮菜递给了小强妈，又从小强妈的手中接过了一件东西。我看清了，那是一只椭圆形的鸭蛋。

　　当天晚上，妈把鸭蛋放到我面前，我看着她被挖菜刀磨出一排老茧的手，哽咽着说："妈，我都看到了，以后再也不想吃鸭蛋了。"妈没说话，紧紧把我搂在怀里。妈的怀抱很温暖，我知道那就是母爱。我还知道，这份母爱能产生奇迹，它能让公鸭子下出蛋来。

情感箴言
qing gan zhen yan

　　母爱是伟大的，可怜天下父母心，母亲为了子女能够快乐地成长，付出了无法言语的代价，太伟大了。

第一次抱母亲

　　母亲病了，住在医院里，我们兄弟姐妹轮流去守护母亲。轮到我守护母亲那天，护士进来换床单，需要母亲起来。母亲病得不轻，下床很吃力。我赶紧说："妈，你别动，我来抱你。"

　　我左手揽住母亲的脖子，右手揽住她的腿弯，使劲一抱，没想到母亲轻轻的，我用力过猛，差点朝后摔倒。护士在后面托了我一把，责怪说："你使那么大劲干什么？"

　　我说："我没想到我妈这么轻。"护士问："你以为你妈有多重？"我说："我以为我妈有一百多斤。"护士笑了，说："你妈这么矮小，别说病成这样，就是年轻力壮的时候，我猜她也到不了九十斤。"母亲说："这位姑娘真有眼力，我这一生，最重的时候只有八十九斤。"

　　母亲竟然这么轻，我心里很难过。护士取笑我说："亏你和你妈生活了几十年，眼力这么差。"我说："如果你跟我妈生活几十年，你也会看不准的。"护士问："为什么？"我说："在我的记忆中，母亲总是手里拉着我，背上背着妹妹，肩上再挑一百多斤的担子翻山越岭。这样年复一年，直到我们长大。我们长大后，可以干活了，但每逢有重担，母亲总是叫我们放下，让她来挑。我一直以为母亲力大无穷，没想到她是用八十多斤的身体，去承受那么多重担。"

　　我望着母亲瘦小的脸，愧疚地说："妈，我对不住你啊！"

　　护士也动情地说："大妈，你真了不起。"

　　母亲笑一笑说："提那些事干什么，哪个母亲不是这样过来的？"

护士把旧床单拿走,铺上新床单,又很小心地把边边角角拉平,然后回头吩咐我:"把大妈放上去吧,轻一点。"

我突发奇想地说:"妈,你把我从小抱到大,我还没有好好抱过你一回呢。让我抱你入睡吧。"母亲说:"快把我放下,别让人笑话。"护士说:"大妈,你就让她抱一回吧。"母亲这才没有作声。

我坐在床沿上,把母亲抱在怀里,就像小时候母亲无数次抱我那样。

母亲终于闭上眼睛。我以为母亲睡着了,准备把她放到床上去,可是,我看见有两行泪水,从母亲的眼里流了出来。

情感箴言
qing gan zhen yan

> 生活塑造了伟大的母亲,无怨无悔、倾其心血的操劳耗损着她的心力。儿女些许的回报使她宽慰。让我们怀着那份迟来的感谢与爱,拥抱自己的母亲。

牵着母亲过马路

周末下午偕妻儿回家,年近花甲的母亲喜不自禁,一定要上街买点好菜招待我们。母亲说:"你们回来,妈给你们煮饭,不是受累,是高兴呀!"

我便说:"我陪你去吧!"

母亲乐呵呵地说:"好,好,你去,你说买啥,妈就买啥。"

到菜场需要走一段人行道,再横穿一条马路。正是下班时间,大街上车来车往,川流不息的人群匆匆而行。年龄大了,母亲的双腿显得很不灵便。她提着菜篮,挨着我边走边谈些家长里短,我耐心地听她诉说。

穿过马路，就是菜场了。母亲突然停了下来，她把菜篮挎在臂弯，腾出右手，向我伸来……

一刹那间，我的心灵震颤起来：这是一个多么熟悉的动作呀！

上小学时，我每天都要穿过一条马路才能到学校。母亲那时在包装厂上班。学校在城东，厂在城西，母亲担心我出事，每天都要送我，一直把我送过公路才折身回去上班。横穿马路时，她总是向我伸出右手，把我的小手握在她掌心，牵着走到公路对面。然后低下身子，一遍遍地叮嘱："有车来就别过马路"，"过马路要跟着别人一起过"……

二十多年过去了，昔日的小手已长成一双男子汉的大手，昔日的泥石公路已改进成混凝土路，昔日年轻的母亲却已经皱纹满面，手指枯瘦，但她牵手的动作依然如此娴熟。母亲一生吃了许多苦，受了许多罪，这些都被她掠头发一样——掠散，但永远也抹不去爱子的情肠。

我没有把手递过去，而是伸出一只手从她臂弯上取下篮子，提在手上，另一只手轻轻握住她的手，对她说："小时候，每逢过马路都是你牵我，今天过马路，让我牵你吧！"母亲的眼里闪过惊喜，笑容荡漾开来，像一个老农面对丰收的农田，像一个渔民提着沉甸甸的鱼网……

情感箴言
qing gan zhen yan

　　母亲过马路简单的动作，充满了对儿女无限的呵护。舐犊情深，学会理解母爱，学会感恩，才能体味到爱的深沉，才能感受到真正的人间真情。

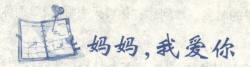

妈妈，我爱你

当你一岁的时候，她喂你并给你洗澡，而作为报答，你整晚哭着。

当你三岁的时候，她怜爱地为你做菜，而作为报答，你把她做的一盘菜扔在地上。

当你四岁的时候，她给你买下彩色笔，而作为报答，你涂满了墙与饭桌。

当你五岁的时候，她给你买了既漂亮又贵的衣服，而作为报答，你穿上后到附近的泥坑去玩。

当你七岁的时候，她给你买了皮球，而作为报答，你把球投掷到邻居的窗户上。

当你九岁的时候，她付了很多钱给你辅导钢琴，而作为报答，你常常旷课并且从不练习。

当你十一岁的时候，她送你和朋友去电影院，而你要她坐到另一排去。

当你十三岁的时候，她建议你去剪头发，而你说她不懂什么是现在的时髦发型。

当你十四岁的时候，她付了你一个月的野营费，而你没有给她打一个电话。

当你十五岁的时候，她回家想拥抱你一下，而你把门插起来。

当你十七岁的时候，她在等着一个重要的电话，而你捧着电话打了整个晚上。

当你十八岁的时候，她为你高中毕业感动得流下眼泪，而你跟朋友聚会到天明。

当你十九岁的时候，她付了你的大学学费又送你到学校的第一天，你要求她在离校门口较远的地方下车，怕被朋友看见会丢脸。

当你二十岁的时候，她问你："你整天去哪里？"而你回答："我不想说。"

当你二十三岁的时候，她给你买家具让你布置你的新家，而你对朋友说她买的家具真是糟糕。

当你三十岁的时候，她对怎样照顾婴儿提出劝告，而你说："妈，现在时代已不同了。"

当你五十岁的时候，她常患病，需要你的看护，你反而在读一本关于父母在孩子家寄居的书。

终于有一天，她去世了。突然你想起了所有从来没做过的事，它们像榔头痛打着你的心。为我们洗澡穿衣，牵手走路，为我们远行牵挂的母亲，是我们一生的财富，你是否尽到了你的孝道？关心母亲吧，别到了"子欲养而亲不待"时，才体会到母亲的深情。

情感箴言 qing gan zhen yan

母爱陪伴人一生的成长，在风雨共济中，那份深情厚意滋润着我们。不要等到"子欲养而亲不待"时，才开始爱你的母亲。珍惜眼前与母亲共享的时光，这是人受用一生的财富。

天底下最伟大的父亲

从记事起，布鲁斯就知道自己的父亲与众不同。父亲的右腿比左腿短，走路总是一拐一拐的，不能像其他小朋友的父亲那样，把儿子顶在头上嬉戏奔跑。父亲不上班，每天在家里的打字机上敲呀敲，一切都显得

平淡无奇。布鲁斯很困惑，母亲怎么愿意嫁给这样的男人并和他很恩爱呢?母亲是个律师，有着体面的的工作，长得也很好看。

　　小的时候，布鲁斯倒不觉得有个瘸腿的父亲有何不妥。但自从上学见了许多同学的父亲后，他开始觉得父亲有点窝囊了。他的几个好朋友的父亲都非常魁梧健壮，平日里忙于工作，节假日则常陪儿子们打棒球和橄榄球。反观自己的父亲，不但是个残疾人，没有正经的工作，有时还要对布鲁斯来一顿苦口婆心的"教导"。

　　像许多少年一样，布鲁斯喜欢打橄榄球，并因此和几位外校的橄榄球爱好者组成了一个队伍，每个周日都聚在一起玩。那个周日，和往常一样，布鲁斯和几个队友正欢快地玩着，突然来了一群打扮怪异的同龄人，要求和布鲁斯他们来一场比赛，谁赢谁就继续占用场地。这是哪门子道理? 这个球场是街区的公共设施，当然是谁先来谁用。布鲁斯和同伴们正要拒绝，但见其中两个将头发染成五颜六色的少年面露凶光，摆出一副不比赛你们也甭玩的样子。布鲁斯和同伴们平时虽然也爱热闹，有时甚至也跟人家吵吵架，但从不打架。看到来者不善，他们勉强点头同意了。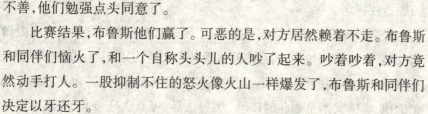

　　比赛结果，布鲁斯他们赢了。可恶的是，对方居然赖着不走。布鲁斯和同伴们恼火了，和一个自称头头儿的人吵了起来。吵着吵着，对方竟然动手打人。一股抑制不住的怒火像火山一样爆发了，布鲁斯和同伴们决定以牙还牙。

　　争斗中，不知谁用刀子把对方一个人给扎了，正扎在小腿上，鲜血淋淋,刀子被扔在地上。其他同伴见势不妙,一个个都跑了,就剩下布鲁斯还在与对方厮打,结果被闻讯而来的警察抓个正着,于是布鲁斯成了伤人的第一嫌疑犯。

很快,躲在附近的布鲁斯的几个同伴也相继被找来了,他们没有一个承认自己动了手。事情也几乎有了定论,伤人的就是布鲁斯。虽然对方伤势不重,但一定要通知家长和学校。布鲁斯所在的中学以校风严谨著称,对待打架伤人的学生处罚非常严厉。布鲁斯懊恼不已,恨自己看错了这些所谓的朋友。然而,布鲁斯越是为自己辩解,警察就越怀疑他在撒谎。

一个多小时以后,布鲁斯的父母和学校负责人在接到警察的电话通知后陆续赶来了。第一个到的是父亲。布鲁斯偷偷抬眼看了看父亲,马上又低下了头。父亲显得异常平静,一瘸一拐地走到布鲁斯面前,把布鲁斯的脸扳正,眼睛紧紧盯着布鲁斯,仿佛要看穿他的灵魂。"告诉我,是不是你干的?"布鲁斯不敢正视父亲灼灼的目光,只是机械地摇了摇头。

接着校长和督导老师也来了,他们非常客气地和布鲁斯父亲握手,并称他为韦利先生。父亲不叫韦利,但韦利这个名字听上去很熟悉。

布鲁斯的父亲和校长谈了一会儿后,布鲁斯听见父亲对警察说:"我养的儿子,我最了解。他会跟父母斗气,会与同伴吵嘴,但是,拿刀扎人的事他绝对做不出来,我可以以我的人格保证。"校长接口说:"这是著名的专栏作家韦利先生,布鲁斯是他的儿子。布鲁斯平时在学校一向表现良好,我希望警察先生慎重调查这件事。有必要的话,请你们为这把刀做指纹鉴定。"

父亲和校长的那番话起了作用。当警察对布鲁斯和同伴们宣布要做指纹鉴定时,其中一个叫洛南的终于站出来承认是自己干的。那一刻,布鲁斯抑制不住的泪水夺眶而出,第一次扑在父亲怀里,大哭起来。此刻的他,觉得父亲是如此的伟岸。哭过之后,母亲也赶来了。布鲁斯迫不及待地问母亲"爸爸真是那位鼎鼎大名的作家韦利吗?"母亲惊愕了一

下，说："你怎么想起这个问题?"布鲁斯把刚才听到的父亲与校长的对话告诉了母亲。

母亲微笑着点了点头："这是真的。你爸爸曾是个业余长跑能手。在你两岁的时候，你在街上玩耍，一辆刹车失灵的货车疾驰而来。你被吓呆了，一动不动。你父亲为了救你，右腿被碾在轮下。你父亲不让我透露这些，是怕影响你的成长，也不让我告诉你他是名作家，是怕你到处炫耀。孩子，你父亲是天底下最伟大的父亲，我一直都为他感到骄傲。"

布鲁斯激动不已，他没料到，自己引以为耻的父亲，曾经被自己冷落甚至伤害的父亲，会在自己最需要的时候，给予自己无比的信任。他知道，从扑到父亲怀里大哭那一刻，自己才真正明白父亲的伟大。

情感箴言
qing gan zhen yan

> 平凡的亲情能改变孩子一生，父母只把快乐带给孩子，而默默地忍受着不幸与不理解的眼光，以一种全身心投入的爱谱写出伟大的赞歌。

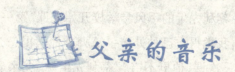

父亲的音乐

我还记得那天父亲费劲地拖着那架沉重的手风琴来到屋前的样子。他把我和母亲叫到起居室，把那个宝箱似的盒子打开。

"喏，它在这儿了，"他说，"一旦你学会了，它将陪你一辈子。"我勉强地笑了一下，丝毫没有父亲那么好的兴致。我一直想要的是一把吉他，或是一架钢琴。当时是1960年，我整天粘在收音机旁听摇滚乐。在我狂热的头脑中，手风琴根本没有位置。我看着闪闪发光的白键和奶油色

的风箱,仿佛已听到我
的哥们儿关于手风琴
的笑话。

接下来的两个星
期,手风琴被锁在走廊
的柜橱里,一天晚上,
父亲宣布:一个星期后
我将开始上课了。我难以置信地
看着母亲,希图得到帮助,但她
那坚定的下巴使我明白这次是
没指望了。

买手风琴花了三百元,手风琴
课一节五元,这不像是父亲的性
格。他总是很实际,他认为,衣服、燃料甚至食物都是宝贵的。

我在柜橱里翻出一个吉他大小的盒子,打开来,我看到了一把红得
耀眼的小提琴。"是你父亲的。"妈妈说,"他的父母给他买的。我想是农
场的活儿太忙了,他从未学着拉过。"我试着想象手放在这雅致的乐器
上,可就是想不出来那是什么样子。

紧接着,我在蔡利先生的手风琴学校开始上课。第一天,手风琴的带
子勒着我的肩膀,我觉得自己处处笨手笨脚。"他学得怎么样?"下课后父
亲问道。"这是第一次课,他挺不错。"蔡利先生说。父亲显得热切而充满
希望。

我被吩咐每天练琴半小时,而每天我都试图溜开。我的未来应该是
在外面广阔的天地里踢球,而不是在屋里学这些很快就忘的曲子。但我
的父母毫不放松地把我捉回来练琴。

逐渐地,连我自己也惊讶,我能够将音符连在一起拉出一些简单的
曲子。父亲常在晚饭后要求我拉上一两段,他坐在安乐椅里,我则试着
拉《西班牙女郎》和《啤酒桶波尔卡》。

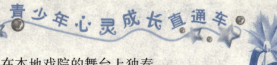

秋季的音乐会迫近了。我将在本地戏院的舞台上独奏。

"我不想独奏。"我说。

"你一定要。"父亲答道。

"为什么?"我嚷起来,"就因为你小时候没拉过小提琴?为什么我就得拉这蠢玩艺儿,而你从未拉过你的小提琴?"

父亲刹住了车,指着我:

"因为你能带给人们欢乐,你能触碰他们的心灵。这样的礼物我不会任由你放弃。"他又温和地补充道,"有一天你将会有我从未有过的机会:你将能为你的家庭奏出动听的曲子,你会明白你现在刻苦努力的意义。"

我哑口无言。我很少听到父亲这样动感情地谈论事情。从那时起,我练琴再不需要父母催促。

音乐会那晚,母亲戴上闪闪发光的耳环,前所未有地精心化了妆。父亲提早下班,穿上了西装并打上了领带,还用发油将头发梳得光滑平整。

在剧院里,当我意识到我是如此希望父母为我自豪时,我紧张极了。轮到我了,我走向那只孤零零的椅子,奏起《今夜你是否寂寞》。我演奏得完美无缺。掌声响彻全场,直到平息后还有几双手在拍着。我头昏脑涨地走下台,庆幸这场酷刑终于结束了。

时间流逝,手风琴在我的生活中渐渐隐去了。在家庭聚会时父亲会要我拉上一曲,但琴课停止了。我上大学时,手风琴被放到柜橱后面,挨着父亲的小提琴。

它就静静地待在那里,宛如一个积满灰尘的记忆。直到几年后的一个下午,被我的两个孩子偶然发现了。

当我打开琴盒,他们大笑着,喊着:"拉一个吧,拉一个吧!"很勉强地,我背起手风琴,拉了几首简单的曲子。我惊奇于我的技巧并未生疏。很快地,孩子们围成圈,格格地笑着跳起了舞。甚至我的妻子泰瑞也大笑着拍手应和着节拍。他们无拘无束的快乐令我惊讶。

父亲一直是对的,抚慰你所爱的人的心灵,是最珍贵的礼物。父亲的话重又在我耳边响起："有一天你会有我从未有过的机会，那时你会明白。"

情感箴言
qing gan zhen yan

> 　　孩子是父母一生所有的希望和最宝贵的财富，伴随着父爱的音乐，孩子的心受到了无比的抚慰，这种特殊的方式造就了孩子终身的幸福。

樱桃树下的母爱

　　蒂姆四岁这年，一贯花天酒地的父亲向母亲提出了离婚。母亲带着他搬到了马洛斯镇定居。

　　马洛斯镇尽头有一个大型的化工厂，工厂附近有许多美丽的樱桃树，蒂姆一眼就喜欢上了这里。

　　蒂姆在新的环境中生活得十分愉快。他喜欢拉琴，每天都拿着心爱的小提琴来到院子里的樱桃树下演奏。

　　伊扎克·帕尔曼是蒂姆最喜欢的小提琴家，他跟蒂姆同样，小时候便患上了小儿麻痹症，成为终生残疾，无法站立演奏，但他却以超

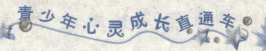

常的毅力克服困难,最终成为世界级小提琴大师。母亲常以此激励蒂姆,蒂姆也没有辜负母亲,几年过去了,他的琴技日渐提高,悠扬的乐声是他们生活中最美妙的伴奏。

不幸还是再一次降临到了这对母子身上。化工厂发生了严重的毒气泄漏事故,距离化工厂最近的蒂姆家受到了严重的影响。蒂姆时常恶心、呕吐,最可怕的是他的听力开始逐渐下降。医生遗憾地表示蒂姆的听觉神经已严重损坏,仅保有极其微弱的听力。

母亲狠下心把蒂姆送到了聋哑学校,她知道要想让儿子早日从阴影里走出来,就必须尽快接受现实。医生提醒过,由于年纪小,蒂姆的语言能力会由于听力的丧失而日渐下降,因此即使在家里,母亲也逼着蒂姆用手语和唇语跟她进行交流。在母亲的督促和带动下,蒂姆进步得很快,没多久就能跟聋哑学校的孩子们自如交流了。樱桃树下又出现了蒂姆歪着脑袋拉琴的小小身影。

看到儿子的变化,母亲很是欣慰。和以前一样,每次只要蒂姆开始在樱桃树下拉琴,她都会端坐在一边欣赏。不同的是,演奏结束后母亲不再是用语言去赞美,取而代之的是她也日渐熟练的手语和唇语,以及甜美的微笑和热情的拥抱。

可蒂姆的听力太有限,他很想听清那些美妙的旋律,但他听到的只有嗡嗡声。蒂姆很沮丧,心情一天比一天坏。

看儿子如此痛苦,母亲不禁也伤心地流下泪来。一天,母亲用手语对蒂姆"说"道:"孩子,尽管你不能完全听清楚自己的琴声,但你可以用心去感觉啊!"

母亲的话深深印在了蒂姆心里,从此他更刻苦地练琴,因为他要用心去捕获最美的声音。为了让蒂姆的琴技更快地提高,母亲还想出了一个妙招——镇上没有专业教师,母亲就用录音机录下蒂姆的琴声,然后再乘火车找城里的专家进行评点。为了避免有所遗漏,她还麻烦专家把参考意见一条条地写下来,好让蒂姆看得清楚。

可蒂姆发现,只要自己演奏较长的乐曲,有时明明超过了五十分钟,早到了该翻面的时候，可母亲还看着自己一动不动。事后蒂姆提醒母亲，母亲忙说抱歉，笑称自己是听得太入迷了。后来，只要录音，母亲都会戴上手表提醒自己，再也没出现过任何疏漏。

樱桃树几度花开花落。在法国的一次少年乐器演奏比赛上，蒂姆以其精湛的技艺和昂扬的激情震撼了在场所有的评委，当之无愧地获得了金奖。而当人们得知他几乎失聪时，更是觉得他的成功不可思议。许多人把他称为音乐天才。更幸运的是，蒂姆的听力问题也受到了医学界的关注，经过巴黎多位知名专家的联合会诊，他们认为蒂姆的听力神经没有完全萎缩，通过手术有恢复部分听力的可能。

手术很快实施了，术后的效果很理想，医生说再配戴上人造耳蜗，蒂姆的听觉基本上就能与常人无异了。

这段时间，母亲一直陪伴在蒂姆身边。配戴上耳蜗的这天，蒂姆表现得特别兴奋，他用手语告诉母亲："从现在起，我要学习用口说话，您也不必再用手语和唇语跟我交流了。"他甚至激动地拉起了小提琴，用结结巴巴的声音说："母亲，我能听见了，多么美的声音啊！"然后他又问道："母亲，您最喜欢哪首曲子，我现在就拉给您听好吗？"

但奇怪的是，母亲似乎根本没有听见他的话，她依然坐在那里含笑看着他，保持着沉默。蒂姆又结结巴巴地问："母亲，您怎么不说话啊？"这时，护士小姐走了过来，她告诉蒂姆，他的母亲早已完全失聪。蒂姆睁大了眼睛，直到这时，他才知道了真相：原来，在那次毒气泄漏事故中损坏了听觉神经的不只是他，还有他的母亲，只是为了不让蒂姆更加绝望，母亲才一直将这个痛苦的秘密隐藏到现在。母亲的绝大部分时间都是和蒂姆用手语和唇语交流，因为很少开口，如今都不怎么会说话了。蒂姆想起年少时对母亲的种种误解，不由得抱着母亲痛哭起来。

蒂姆和母亲回到了家中，初春时节，在开满粉红花瓣的樱桃树下，伴着柔柔的和风，蒂姆再次为母亲拉起了小提琴。他知道，母亲一定听得到自己的琴声，因为她是用心去感受儿子的爱和梦想。虽然他当年在母亲那儿得到的只是无声的鼓励，但这其实是一个伟大的母亲奉献给儿子的最振聋发聩的喝彩。

情感箴言
qing gan zhen yan

> 我们在无声的世界中,体味发自心灵的最美的爱的音符,感受那无声的母爱,无私的给予。这就是樱桃树下诗意的幸福,一份饱含辛苦与期待的幸福。

深夜,那盏灯

那年的春天,我被一场飞来车祸轧断了双腿,造成粉碎性骨折。医生说,治愈的希望很渺茫。除了整天瞪着天花板挨着以泪洗面的日子,还能做什么呢?

在小学教音乐课的姐姐给我抱来了高中课本,默默地放在我枕边,我怒气冲冲,一股脑儿地将它们撒了一地。姐姐弯下腰,一本一本拾起来,大滴大滴的泪水从她眼睛里涌出来,我忍不住失声痛哭。

一天夜里,姐姐突然推门进来,把我扶起,指着对面那栋黑黢黢的楼房,激动地说:"弟弟,瞧见那扇窗子了吗?三楼,从左边数第二个窗户?"她告诉我里

面住着一个全身瘫痪的姑娘,和她的盲人母亲相依为命。姑娘白天为一家工厂糊鞋盒,晚上拼命地读书和写作。才十七岁,已发表了十几万字的作品……看着那扇窗子的灯光,我脸红了。

"弟弟,拿出勇气来呀!"

打那时起,那扇窗口的灯光时时陪伴着我。只要能看到那束柔和的灯光,我就不由自主地拿起枕边的课本。

在一个大雨滂沱的下午,姐姐为了抢救一名落水儿童,不幸牺牲了!噩耗传来,全家人悲痛欲绝。

夜幕降临,凉风习习,我躺在床上辗转反侧,泪流满面,突然,一束灯光柔和地射到我脸上,我心里倏地起了个念头:我想见见那姑娘,把姐姐的故事讲给她听,还要……还要感谢她夜晚的灯光,伴我度过了这个难熬的季节。我拄着双拐,跌跌撞撞地爬上了那幢楼,轻轻叩响了门。

没有回音,我使劲敲了敲它。对面的房门打开了,一位慈眉善目的老太太上下打量着我说:"小伙子,别敲了,那是间空房。"我呆住了。

"……从前我儿子住在这儿,后来他调走了,这间房一直空着,两个月前。一个长辫儿姑娘赁下了,可说也奇怪,她并不在这儿住,只是吩咐我晚上把电灯拉亮,第二天早上再把灯关掉……"

我突然扔了双拐,跌倒在那扇门前,失声痛哭起来。耳畔似乎又响起姐姐那叮咛的声音:

"弟弟,拿出勇气来呀……"

情感箴言 qíng gǎn zhēn yán

　　深夜的灯光点燃了新的希望,唤醒了久违的勇气。伟大的亲情,在传递爱的同时,也把健康的心态和走出苦痛的力量带给了我们,使人沉浸其中,感动非常。

最贵的项链

店主站在柜台后面，百无聊赖地望着窗外。一个小女孩走过来，整张脸都贴在了橱窗上，出神地盯着那条蓝宝石项链看。她说："我想买给我姐姐。您能包装得漂亮一点吗？"

店主狐疑地打量着小女孩，说："你有多少钱？"

小女孩从口袋里掏出一个手帕，小心翼翼地解开所有的结，然后摊在柜台上，兴奋地说："这些可以吗？"

她拿出来的不过是几枚硬币而已。

她说："今天是姐姐的生日，我想把它当做礼物送给她。自从妈妈去世以后，她就像妈妈一样照顾我们，我相信她一定会喜欢这条项链的，因为项链的颜色就像她的眼睛一样。"

店主拿出了那条项链，装在一个小盒子里，用一张漂亮的红色包装纸包好，还在上面系了一条绿色的丝带。他对小女孩说："拿去吧，小心点。"

小女孩满心欢喜，连蹦带跳地回家了。

在这一天的工作快要结束的时候，店里来了一位美丽的姑娘，她有一双蓝色的眼睛。她把已经打开的礼品盒放在柜台上,问道:"这条项链是从这里买的吗?多少钱?"

"本店商品的价格是卖主和顾客之间的秘密。"

姑娘说:"我妹妹只有几枚硬币,这条宝石项链却货真价实。她买不起。"

店主接过盒子,精心将包装重新包好,系上丝带,又递给了姑娘:"她给出了比任何人都高的价格,她付出了她所有的一切。"

情感箴言　qing gǎn zhēn yán

真情无价,那是倾其所有的满足,是心血铸就的崇高情感。在微笑与关怀中,我们得到了灵魂深处最美好的祝福与最诚挚的爱。

母爱的力量

他母亲是在四十岁的时候生下他的。小时候,他身体不好,多病。为了壮筋骨,母亲让他去学拳击。

他因此变得不乖,常常惹是生非。

母亲几乎天天打他,而且是边打边哭。

二十岁那年,他得了第一个冠军。第二天,他又干了一件事,在公交车上把一个霸占"孕妇专座"的男人打得头破血流……

母亲按惯例举起拐杖打他,他照旧老实地跪着认错,但这回他哭了,第一次在母亲的棒打下哭了!他一点也不疼,所以哭了,是因为他突然发现母亲已苍老得再也打不疼他了,虽然她是那么竭尽全力、气喘吁吁地打!

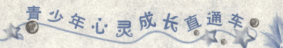
在最后一次告别赛中,他反败为胜,震惊拳坛。接受采访时,他说,母亲是他永远的楷模,甚至会赋予他神圣的力量。当他倒下,裁判在旁边读秒时,只有一个声音可以让他爬起来,那就是母亲的话。

问他,母亲的哪一句话最让他难忘。他说:"打死你!"我禁不住笑了,多么亲切而沉痛的一句中国母亲的口头语呀!

母亲打儿子,儿子打世界。母亲哭了,儿子笑了。

力量的源头,是爱;力量的秘密,还是爱。

情感箴言
qing gǎn zhēn yán

　　力量的源泉是什么?是爱。爱中最深沉的是什么?是母爱。母亲在打自己孩子的同时,她的内心何尝不经历着一次痛苦的煎熬?这就是隐忍深沉的爱。

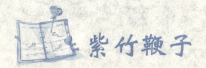
紫竹鞭子

　　许多年以后,我在冗繁的公务之余抽暇重回故里。我那些淳朴的乡亲们一提到我妈时,脸上总是写满感激与尊敬,"嘿嘿,李老师,可是个大好人呢!"乡野之人,肚里没有多少文墨,赞美一个人不会使用那些华丽优美的词藻,只是朴素的两个字:好人,却是对一个人最高的评价。在乡亲们的心目中,我妈是个有满脑子好文墨又善良和蔼乐于助人的知识女性,故而她在乡亲们中赢得一片好名声。

小时候,我一直搞不懂,有一副菩萨心肠的我妈,在教育自己的孩子时,却是严厉得近乎苛刻。

我妈有一根教鞭,紫竹做的,拇指粗细,二尺来长,天长日久与手掌摩娑,竹身紫亮光滑。我妈是个慈祥的老师,在她的教书生涯中,这根紫竹鞭子从未一次真正落在一个学生的身上。但是,在我儿时的记忆中,这根紫竹鞭子曾有三次结结实实地打在我的屁股上。

第一次,是我七岁那年的冬天。

那天,一大清早,邻居王二婶就来到我家,期期艾艾道:"李老师,真不好意思,孩子他爹昨儿老毛病又犯了,您能不能再借五十块钱?"

王二叔是个病秧子,常犯病,这之前王二婶向我妈借了好几次钱,至今尚未归还。刚才,王二婶一进我家,我就猜她准是来借钱的。果不其然。那时,我妈一个月的工资才十六元,五十元可不是一个小数目。再说,把钱借给王二婶,不知她要到猴年马月才能归还。

我人小鬼精,不等我妈答话,忙接过话茬:"二婶,你来得真不巧,要过年了,我家做新衣购年货,钱都用光了。"言毕,我得意扬扬地瞧着我

妈,还向她眨巴了两下眼。

没承想,我妈却狠狠瞪了我一眼,道:"小孩子家知道个啥。妹子,你等着,我这就拿钱给你。人吃五谷杂粮,谁没个三灾两病啊。"我妈进了屋里,拿出一叠钞票,塞给王二婶。王二婶千恩万谢走了。回过头,我妈脸刷地拉下来,操起放在桌上的那根紫竹鞭子,厉声呵斥道:"扒下裤子!小孩子家不学好,倒学说谎,长大后还了得!"我从没见过我妈如此严厉,怕极了,连哭都忘了。

这一次,我挨了我妈的一顿痛打,屁股疼了三天,蹲茅厕更是疼得呲牙咧嘴。从此,我刻骨铭心地记住了我妈的教训,再没有说过谎。

第二次,是我九岁那年。

一个外乡人挑了一担盐来村里卖。我妈手头有事,就拿了一块钱,让我去打十斤盐。那个外乡人称好了十斤盐,我正要递钱给他,看到四周买盐的人很多,他无暇顾及我,便提了盐溜走了。那一块钱我也没交给我妈,而是去买了一包花生糖。我正躲在墙角津津有味吃着时,被我妈瞧见了,她拉住我,虎着脸问:"哪来的钱?"我急赤白脸说不出来。我妈见我这副模样,心里明白了七八分,拿起紫竹鞭子,我便竹筒倒豆子全部说了出来。我妈听了,气得咬牙切齿:"贪图小利,难成大事。小小年纪竟有贪念,岂不毁了一生。"越说越来气,手起鞭落,在我屁股上印下了一条条清晰的鞭痕。打完后,我妈递给我一块钱,"去,把钱给人家送去!"我咧着嘴,乖乖地一瘸一拐地把钱送给那卖盐的外乡人。

从此,在我头脑里再没出现过"贪"字。

第三次,是在我读二年级时。

我的同桌有一支崭新的"英雄"牌钢笔,这在当时可是十分罕有。我见了,眼馋不已,瞅个不防,将这支钢笔偷走了。自然,这支钢笔不能在学校用,我便放在家里写作业。我妈见了,问我笔的来历。我涨着猴腚脸,支支吾吾答不上来。我妈看出破绽,脸上便笼上一层寒霜,要我如实招来。我知道一切都瞒不过她,只得如实说了。我妈听罢,气得脸都绿了,浑身发抖,道:"小时偷针,大时偷金。一世人都落个小偷的坏名声,永远别想在人前抬头走路。"说着，操起紫竹鞭子，将我狠狠揍了一顿。这一次，她打得特下劲。我屁股皮开肉绽，半个月不敢沾凳子。

第二天，我把钢笔还给了同桌。从此，面对再怎么诱人的东西，我都没动过心。

长大后，无论我走到哪里，都牢记我妈的教诲，为人诚实，不贪不占，活得堂堂正正。

现在，我妈已离开我多年了，我也成了一个握有实权的单位头儿，但我仍保存着我妈的那根紫竹鞭子。我将它悬挂在一个显眼的地方，让它时时警醒着我。

情感箴言　qíng gǎn zhēn yán

> 母亲的教诲充满了"恨铁不成钢"的希望，寄予了对子女未来前途的希望。一条紫竹鞭子，不仅仅是少时成长的回忆，更是爱的警示，饱含着浓浓爱子之情。

大爱不爱

大家都说母亲很惯着我，也许因为我是她最小的女儿吧。她出门总是带着我。

有一次，她出去参加什么活动，没有带我。回来时就给我们带回来两个面包。那是参加活动者的加餐，那时候的面包是稀罕物。我高兴得举着面包直蹦。正在这时，门外传来喧闹声，好多孩子在喊：叫花子！叫花子！我和母亲同时看见我家门外站着一个老人，衣着很脏，手里拄着一根棍子。一些孩子正往他身上扔石头。母亲转身回到屋里，走到橱柜边，打开门。我知道她要找什么,也知道她什么也不会找到。因为,我们早把东西吃光了。她站起来,回身看着我。我用乞求的眼神可怜分分地看着她的脸色。我知道她要干什么。果然,她从我手里夺过面包,一句话不说,出去给了那个老人。我看见那老人双手作揖,蹒跚着离去,身后仍然跟着一群孩子。事后她没有任何解释。

后来,当我长大成人,能够和她平等交谈的时候,我提起这件事情,问她为什么那么做。她说,你在家里,他在路上。那个面包对你来说只是解馋,而对那个老人却是解饿,或者救命。所以,她问我,解馋重要还是救命要紧?我无言以对。母亲一直到死,从来没有说过一次爱我。也许正如"大善不善",而她是"大爱不爱"吧!

前不久,我参加了一个聚餐会。同坐一桌的是几个家庭的成员,有大人也有孩子。当服务员小姐款款地端着一盘椒盐基围虾进来时,同桌的一个女孩突然拍着自己眼前的桌子说:"小姐,把盘子放我这!"

上菜的小姐一愣,环顾一圈就餐人的脸色。大家面面相觑,谁也没有说话。她便踌躇着把盘子放到了女孩面前。女孩便旁若无人地大吃大嚼起来。

女孩的妈妈坐在我身边,我想,她一定会对女孩说点什么吧?别人不好意思说,她还能不说?可是,直到聚餐结束,她都没有指责女孩一句。中间还特别疼爱地将女孩爱吃的其他菜夹到她盘子里。原来,她压根就没感觉女儿这么做有什么不妥。这种母爱的无限包容,很让我心寒。

聚餐的第二天,接到那个女孩母亲的电话,女孩因为吃多了椒盐油腻食物得了急性胰腺炎,正在医院抢救!她在电话里泣不成声,哭得人五内俱焚。

我突然感激起我的母亲来。她永远也不会把我"爱"到胰腺炎去!甚至,她活着的时候,我连哭的权利都没有,她非常讨厌我爱哭的毛病。她临死的时候,看着我不停地流泪,她虚弱地睁开干涩的眼睛,对我说,你别哭了,人早晚都有这一天,别把眼睛哭坏了……

她是从战场上死人堆里爬出来的,一生不轻易流泪。

有一种母爱是即使子女犯了罪,她们的爱也一如既往。而我的母亲不会。西方关于爱的祷词是这么说的:爱是恒久的忍耐,又有恩慈……凡事包容,凡事忍耐,凡事盼望。爱是永不止息。爱就是神。

而在我母亲那里,爱就是教育,别的都是扯淡。

情感箴言

qing gan zhen yan

> 亲人的关爱需要节制,要注意适当的尺度。所谓"大爱不爱",不是放任的溺爱,也不是漠视,而是理智地给孩子以必须的爱,这是教育子女最好的方式。习惯性的顺从放任只会给孩子的将来酿成灾祸。

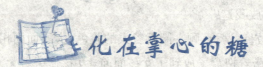

化在掌心的糖

去年夏天,我带上儿子回到老家。老家有年过八十的奶奶,喜欢吃核桃,我给她买了一盒核桃仁。

那些看着我长大的乡邻们,见远嫁的我回来了,会不时地过来坐坐,聊聊我小时的趣事,打听我现在的生活情况,又告诉我儿时的朋友现在何处,生活如何如何。

这天上午,住在奶奶家后面的一位大婶也过来坐,她女儿是我童年的好友。闲聊时,奶奶把我带来的核桃仁拿出来吃,又抓了一大把递给她,她十分客气地在一番推托感谢后接下了。在后来将近一个钟头的谈话中,我和奶奶都吃了许多核桃仁,那位大婶,她从一片完整的核桃仁上掰下一小块放在口里,细细慢慢地吃了许久,就再也不吃了。我有些奇怪,叫她不要客气,吃完了再抓,她很坚决地拒绝了。我向来大而化之,见她不吃,也没有太坚持,就这样,一直坐到她离开,那把核桃仁,她都没有再动。那么炎热的夏天,我心想,核桃仁该被汗湿了吧?

大婶走后,我起身去后面的房间拿书看,透过那扇小小的窗户,我看到大婶正站在自家小小的厅屋里,身边围着三个十岁上下的孩子,我知道那是她的外孙,其中就有我朋友的孩子。孩子们的小手都伸向外婆,而她正一个个地把核桃仁分发给他们,几个孩子分光了外婆手中的核桃仁,坐到门槛上用心地数,开心地吃,而他们的外婆,从门后拿出扫帚弯腰扫地,脸上极其平淡地没有任何表情。

我的眼泪夺眶而出,怕被她看到会尴尬,赶紧缩回了身子。

依稀记得童年的我,许多次和哥哥骑坐在门槛上,满怀喜悦地分一颗妈妈带回来的硬硬的黑红黑红的水果糖,不知道也不管糖从哪儿来。我总是紧盯着哥哥用手小心地剥开已经和有些化了的糖粘到一起的糖纸,眼巴巴地看他把糖放进嘴里用力咬成两半,再吐出来比较一下,大小差不多,这才各自拿一小块,甜甜地吃,妈妈这时在哪儿,在干什么,我们不知道,只知道那快化了的糖是如此的甜。

及至求学在外,每次放假回家,妈妈和奶奶会把积攒了好久的东西拿出来给我们吃,她们留了许久的,也总不过是化成一团的糖,变了味的饼子,长了霉的点心,蔫了干了的水果……我常常会抱怨她们:自己吃了啊!不用留着,都放坏了。可是她们依然一年一年地留。

结婚后,有一天带孩子去婆婆家,婆婆招手让孩子跟她到房里去,我悄悄跟进去看祖孙俩玩什么花样,结果看到的是天下母亲都玩的游戏:婆婆从枕头边拿出一个用手帕包得好好的饼子,笑眯眯地塞给我儿子,大概是哪家新媳妇上门按老规矩分发的,也不知道放了几天了。

而今,母亲和婆婆已经先后去世,我也很少再吃糖了,连儿子都不爱吃,家里的糖果总是放到化成一团,然后扔掉,到后来索性不买了。

大婶手中汗湿的核桃仁,妈妈掌心软化了的水果糖,婆婆枕头边放干了的饼子,那样的香和甜,是买不到的。

情感箴言

qing gan zhen yan

> 爱,其实都藏在人们的心中,生活中的一些微不足道的细节其实更能体现他们对我们无微不至的关爱,而这种细节往往会被我们所忽视。

一本人生的大书

母亲第一次从乡下来看我,她最惊讶于书房里我积存起来的书。她把书架、书柜、书桌擦了一遍又一遍,然后望着那盆吊兰,浅浅的笑浮在

嘴角……

母亲不识字，可是书在她的心中是神圣的东西。小时候，家里条件不好。母亲说，越是家里穷越得上学。我们兄弟就一个一个走进了学校。新课本发下来了，母亲就去邻居家里要来一张或两张报纸(人家是村上的会计)，为我们包好书皮。她的手指很灵巧，四个书角上旋出四朵花，用河边的野花染成七彩，很美。她说："书本里尽是知识，要记好，长大了管用。"

母亲最喜欢看我们读书，或者说是"唱"书。我们在煤油灯下，在院子里的树荫下，在向阳的房前，或坐或站，把书举在头顶或捧在胸前，哇哇啦啦地喊或唱，看谁背得快，看谁声音高。虽然课文内容不一样，虽然母亲不一定听出是什么，但她喜欢。她纳着鞋底，或者摇着纺车，望着我们摇头晃脑地读书，一个劲儿地笑……她不让我们帮她干活。她说："你们只要好好念书就行了。"结果，不识字的母亲供出了几个大学生!

上大学的时候，家庭更加困难。父亲和母亲说，再难也要让他们上大学!母亲把我们用过的所有课本都放着，存了一个大箱子，整整齐齐的。她看着这些书说，上到这一步了，咋着也要上完……多不容易呀!

母亲还放着我们用过的作业本，特别是我们的作文本。她说这是我们从脑子里想出来的东西，很宝贵。她没有像邻居五婶一样，把它们当成废纸卖掉,她认真地为我们存放着。现在,我们读着当年的只言片语,感到特别亲切。她说,写过字的纸比没有字的纸宝贵,上面说不准有有用的东西。母亲说这句话是有原因的,她曾随手把人家借外公五元钱的一个借条当成引火纸烧了,那时,五元钱可不是一个小数目……

一天,和几个朋友联欢回来,我有些醉意。母亲给我倒了杯水,看我喝下后说:"你有这么多书本,得好好看,可不能摆在那里做样儿……"

母亲的话很轻,却重重地提醒了我。是呀,现在条件好了,买了那么多书,我却没有认真读上一本!

想一想,母亲就是一本人生的大书呀!

情感箴言　qing gǎn zhēn yán

> 母亲仿佛是一本人生的大书,书中记录着含辛茹苦的养育之恩,抒写着浓厚的抚慰之爱。身为人子,让我们常怀感恩之心,解读人生亲情的真味吧!

吾爱吾师

我喜欢木棉。尤其每年四、五月木棉花开时,树上叶子尽落,只有火红的木棉朵朵绽放,似在昭告世人——看,不必绿叶的帮衬,我依然美丽夺目。那份自信,深深地震撼了我。

我若不是接受过两位小学老师的教诲,今天的我,必不是这样。

小时候,由于父亲生意失败,被人拐骗了一生的心血,积劳成疾,爆发严重肝硬化,医生硬是从鬼门关抢回一条命,但是,那时没有医保,庞大的医药费,使得家中的开销成了沉重的负担。所以,我没上过幼儿园。小学时，因为母亲得四处打工，我下课回家就要照顾年幼的弟妹，当小保姆。

没有玩具的童年是我印象最深刻的事，常常拿把塑胶扇子当做娃娃身体，碎布、手帕成了她的衣裳，我就这样玩起了我的王子与公主。所以，我是自卑懦弱的，期末老师最常给的评语就是"乖巧文静、功课尚可"八个大字。

直到小学五年级分班时遇到了启发我创作、爱好文学的老师——林阿冉。他是一位外省籍的老先生，讲话有浓厚的乡音，从不发脾气。

在台北市的明星小学里，像我这样的学生通常是不起眼的。但在一次作文课中，我的文章得到全班最高分，老师在课堂上赞美了我几句，并要我在台前朗读这篇文章。

那是我第一次上台，记得当时紧张得双腿发抖、声如蚊蚋。老师一直叫我不要怕，说大声些。但心里的恐惧实在巨大，于是老师只好又叫班长复诵一次。当周我成了班上的风云人物。

除了作文好外，被帅哥班长拿着作文簿朗读也是一件大事。

此外，令我最感窝心的是当时妹妹读一年级，只上半天课。若是留她一个人在家怕发生意外，于是母亲便叫我把她留在校园中，等到下课再一起回家。

有一次上课时，林老师在教室外看到了游荡的妹妹，问清缘由后，便把她带到教室的空位坐下。以后，只要妹妹下课便来我的教室旁听，顺便做功课，林老师有空时还会走过去指导一番。

没多久，双亲在板桥买了房子，遂要转学。当时我原本想悄悄地走的，哪知林老师在班上公开了此事，让我受到了同学的关心及祝福。那一刻，使我真切地相信自己是重要的。

到了板桥读的是一所实验小学，导师吴宗华则是另一个影响我的人。他硬逼我参加壁报、演讲比赛、合唱团和当班上的组长及小老师。我从不知道自己有这么多的才能，在台北读小学时，这些竞赛是怎么轮也没有我的份儿的。

尽管不是每项比赛皆能得到名次，但若没有吴老师的启蒙，今日的我怎能在台上面对上百人侃侃而谈而面不改色，甚至因为由内而外散发的自信风采，使得我的朋友越来越多，对功课也更积极地投入，在往后的求学生涯中一帆风顺。

教育心理学家曾说："三岁前决定小孩的一生。"我并不以为然，人生有太多的机缘会改变你对事物的看法、做法，端看自己能否把握。

又到了教师节前夕，仅以这篇文章表达我对两位恩师的怀念与感激。谢谢您!老师。

情感箴言

qing gan zhen yan

师恩是一种博大的爱，是一份特殊的温暖，是源自人类心灵深处的真情。在师恩的光辉下，智慧得以萌芽，光荣传统得以继承，无数懵懂的心灵得以启示。

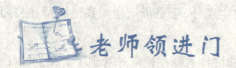

老师领进门

1942年新春，我不满六周岁，到邻村小学读书。

这个小学坐落在关帝庙的后殿,只有一位老师,教四个年级,四个年级四个班,四个班只有四十人。

老师姓田,私塾出身,后来到县立简易师范速成班受训三个月,十七岁就开始了小学老师生涯。田老师执教四十年,桃李满天下,弟子不下三千,今年已届古稀,退休归里十年了。

田老师很有口才,文笔也好。

开学头一天,我们叩拜大成至圣先师孔夫子的木主之后,便排队进入教室。每个一年级小学生,配备一位三年级的学兄带笔。田老师先给二年级和四年级学生上课,就命令三年级的学兄把着一年级学弟的小手,描红摹纸。

红摹纸上,一首小诗:

> 一去二三里,
>
> 烟村四五家。
>
> 亭台六七座,
>
> 八九十枝花。

田老师先把这首诗念一遍,串讲一遍,然后,以这四句诗为起承转合,编出一段故事,娓娓动听地讲起来。

我还记得,故事的大意是:

一个小孩儿,牵着妈妈的衣襟儿,去往姥姥家,一口气走出二三里,眼前要路过一个小村子,只有四五户人家,正在做午饭,家家冒炊烟。娘儿俩走累了,看见路边有六七座亭子,就走过去歇脚。亭子外边,花开得茂盛,小孩儿越看越喜爱伸出指头点数儿,嘴里念叨着:"……八枝,九枝,十枝。"她想折下一枝来,戴在耳丫上,把自己打扮得像个迎春小喜神儿。她刚要动手,妈妈喝住她,说:"你折一枝,他折一枝,后边歇脚的人就不能看景了。"小孩儿听了妈妈的话,就缩回了手。后来,这八、九、十枝花,越开越多,数也数不过来,此地就变成一座大花园……

这个故事,有思想,有人物,有形象,有情趣。

我听得入了迷,恍如身临其境,田老师戛然而止,我却仍在发呆;直到三年级大学兄捅了我一下,我才回过神来。

那时候的语文叫国文,田老师每讲一课,都要编一个引人入胜的故事;一二、三、四年级的课文,都是如此。我在田老师门下受业四年,听到上千个故事,有如春雨点点入地。

从事文学创作,需要发达的形象思维,丰富的想象力,在这方面田老师培有了我,给我开了窍。

我回家乡去,在村边、河畔、堤坡,遇到老师拄杖散步,仍然像四十年前的一年级小学生那样,恭恭敬敬地向他行礼。谈起往事,我深深感念他在我那幼小的心田上,播下文学的种子。老人摇摇头,说:"这不过是无心插柳柳成荫。"

十年树木,百年树人;插柳之恩,我怎能忘。

情感箴言
qing gan zhen yan

教师是天下最为神圣的职业。老师总是用无私的爱默默无闻地成就着学子的前程,在循循善诱中,浓浓的"插柳之恩"让人感动。

晨　读

三十年代，我的故乡还把铁轮大车当做长途交通工具，我甚至没听说过汽车。一般的家庭里没有钟和表，白天看太阳，夜里听打更人敲梆子报时辰。小孩子对时间的概念是不知道几点钟，只知道几更天。鸡打鸣，天蒙蒙亮，就背着书包往学校里跑。深沉的夜空，星儿眨动着眼睛。我快走，星儿也紧跟着我快走；我停住脚，星儿也站住不动。星儿代替妈妈送我去上学，我感到很快活。寂静的大街上，只有我模糊的身影移动着，嚓，嚓……

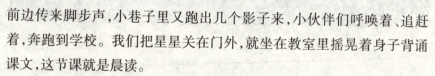

前边传来脚步声，小巷子里又跑出几个影子来，小伙伴们呼唤着、追赶着，奔跑到学校。我们把星星关在门外，就坐在教室里摇晃着身子背诵课文，这节课就是晨读。

那时的教科书课文很简单，第一课：天亮了；第二课：弟弟妹妹快起来……天天朗读，背得烂熟，淘气的同学坐不住了，老师就利用这时间给我们读课外书，读完一本又读一本。

这位老师长着一副瘦小的身材，清秀的脸有些苍白，一双温柔而又善良的眼睛，时时闪出甜美的微笑。她讲话的声音很轻，但却很清晰，仿佛琴弦发出的悦耳声音。她是外省人，住在校园里西北角的一间小屋里。清晨,谁第一个到校,就能看见她屋子里的小油灯映在窗纸上的亮光。她一听到教室里有动静,就立刻走出自己的小屋,陪着到校的学生坐在教室里。等同学们都到齐了,她就给我们读有趣的书。每天读一篇,读完了让我们背诵,我们很快就背熟了。老师给我们读《格林童话》、《安徒生童话》和《叶圣陶童话》,我们都能背出来。老师还读过《万卡》、《爱的教育》等。那些生动的文章,深深打动着我们的心。教室里静悄悄,只听见老师一字一句地读着,她的声音温柔而又深沉,当她读到最感人的段落时,就停下来沉默着。这时候,几十颗幼小的心灵,就和老师一起思索着,眼睛里含着泪水,回味着作品中的情景。我们的心便飞到很远很远的地方。通过书我们认识了许多可爱的人,熟悉了许多有趣的事情,长了不少见识,了解了世界上的许多地方,欣赏着一幅又一幅悲哀而又感人的画面,在奇异的童话境界里漫游。我们被美好的情感滋润着,常常出神地忘记了自己,忘记了自己是生活在一个偏僻的小镇,忘记了学校是一座破旧的古庙。阴暗而又潮湿的教室仿佛变成了迷人的宫殿,智慧的星在我们心中闪光……

情感箴言
qing gan zhen yan

　　单纯执著的爱的追求,昭示着老师对学生无尽的关怀。视名利如粪土,视学生为珍宝,这就是教师博爱无私的情怀,是对爱最深厚的理解。

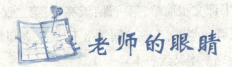

老师的眼睛

　　我永远也忘不了陈老师的那双眼睛。尽管这双眼睛并不大,也不是

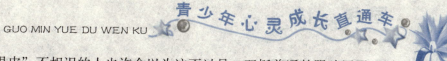

"双眼皮"，不相识的人也许会以为这不过是一双挺普通的眼睛罢了。可在我和我的同学们的心目中，这是世界上最美、最美的眼睛。

许多人说，影星的眼睛很美。可我总觉得她们的眼里缺少了点什么。而陈老师眼里有的，正是这个。

有一次，我病了，很重，在家躺了一星期。当我重新坐在课堂上时，那双眼睛总不时地看我几眼。我觉得她仿佛在问我："身体怎么样，能行吗？"还有一次，我摔坏了脚。陈老师知道了，到家里来看我，见我为功课苦恼，就柔声劝慰我别担心功课，安心养好伤，落下的功课她给我补……听着这亲切的话语，望着正在帮我削苹果的老师，我抬起模糊的泪眼，望着那双眼睛。我觉得陈老师的目光里，有一种软乎乎、甜酥酥的东西包住了我的全身。后来，我终于明白了这就是"爱"呀！神圣的爱！是师长对学生炽诚的爱！母亲不也正是这样爱着孩子们吗？我第一次将"母亲"——"老师"这两个词联系起来，觉得那么自然，贴切！

陈老师的眼睛也不总如此。有时竟会那么严厉！有一次测验，她告诉

我们最后一道题很难,一定要抓紧时间做前面的。做着做着,我忽然发现有两道应用题在作业上做过。不知怎的,我那不争气的手怎么竟会放到了作业本上!可还没等翻开,心就跳得很快,手指也颤得厉害。同时感到有一双异常严厉的眼睛盯着我。我一抬头,正与那目光相遇。那目光里充满了责备,使我的背上像遭了芒刺一般;又像一个正在偷东西的小偷当场被人抓住一样惶恐、窘迫、难堪。我的手无力地从作业本上滑落,胆怯地垂下眼睑。我不知自己是怎么交的卷,只觉得脸上红得厉害,发高烧也从未这样难受过。下了课,陈老师问我刚才想什么,我无言辩解,也无法辩解。我偷偷地看了陈老师一眼,突然从那目光中看出一种期待,急切的期待。我不敢正视那目光,慌乱地低下头。在那充满期待的目光的注视下,我羞愧地,但还是勇敢地承认了错误。陈老师托起我的头,又帮我整好衣领,愉快地说:"这才是个好孩子呢!去吧,好好复习功课,祝你下次考好!"我又望了望那双眼睛,那里流露出欣慰与抚爱的笑意。泪水迅速盈满了我的眼眶。含着悔恨与感激交织着的泪水,不知为什么竟会对老师笑了笑,真想对老师说声:"谢谢您!"可不知为什么,又没说出来。

　　每当我想起这件不光彩的事,就脸上发烧;每当我想起陈老师那双美丽的眼睛,就会浑身都充满了力量。

　　哦,陈老师的眼睛,所有老师的眼睛,是人类最深邃的、最富有洞察力的眼睛!

情感箴言　Qing gan zhen yan

　　　老师美丽的眼睛,直视我们的心灵,从而在困苦中为我们的人生点燃希望。望着那双关爱与理解的眼睛,我们生命开始起步成长。

春天的雨点

达丽玛坐在教室的板凳上，圆溜溜的一双眼睛正望着老师乌汉娜，但是她的心正和春风一起，游荡在大草原上。"达丽玛，这个问题你来回答。"乌汉娜从四十二双眼睛里，发现了达丽玛这双走了神的眼睛。达丽玛站起来，无法回答，脸羞得红红的。"放学后，你到办公室来，我给你补这堂课。"达丽玛坐下来，竭力忍住，才没让眼泪掉下来。

孩子们活蹦乱跳地背着书包放学了，达丽玛低着头走进了办公室。

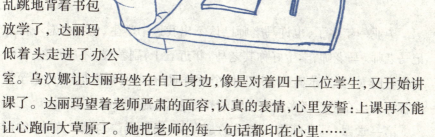

乌汉娜让达丽玛坐在自己身边，像是对着四十二位学生，又开始讲课了。达丽玛望着老师严肃的面容，认真的表情，心里发誓：上课再不能让心跑向大草原了。她把老师的每一句话都印在心里……

补课完毕，她才看见窗外飘洒着细细的春雨。

"老师，下雨了？"达丽玛惊奇地问。"你没有看见闪电吗？没有听见雷声吗？"乌汉娜问。达丽玛摇摇头。"你什么都没听见？"乌汉娜又问。"老师,我只听见您给我讲课了。"是啊,她只听到老师沙哑的嗓音,只看到老师发声的嘴唇,哪注意到闪电、雷声?乌汉娜忘记了一切疲劳,压抑住心头的激动:"哦,达丽玛……你会学好,我放心了……"

乌汉娜老师解开蒙古袍衣襟,把十岁的达丽玛搂在身旁,在绵绵春雨中,送孩子回到家,然后扭身走了。达丽玛摸着自己干干的衣服,依在门前深情地望着老师的背影在细雨朦胧中远去……春天的雨点,落在草原上;草原上正萌发着蓬勃的生机。春天的雨点,仿佛也落在了达丽玛的心里。

情感箴言
qíng gǎn zhēn yán

用爱铸造希望,是老师给学生的亲情般的温暖。用心去学习深造,是学生对老师最大的感恩和回报。师生的相互理解,让人欣慰。

师者老马

毕业一年多了,也许马老师已认不出我这个学生,但我却总不能忘记马老师。马老师,学生好称其老马。年近五十,副教授。不拘形迹,打扮常像看门人,头发茂盛且无序。他个性鲜明,有点侠客味儿,有时甚至像堂吉诃德。在学校诸多温文尔雅的教授之中,他显得很有特点。

第一堂课,马老师为我们讲的是有关"锅炉燃烧与烟气净化"的内容,他语出惊人:"你们热能专业的学生都是小败家子。人类的文明发展史可归结为两把火。第一把火烧熟食物,给人类带来了光明和温暖;第二把火在锅炉膛里燃烧,给人类带来了工业文明,但污染也大量出现,生态遭到严重破坏。如此下去,子孙后代要骂我们的!"

台下寂静无声。这是大学四年间,我们第一次真正意识到对社会环境应负有的一种责任。先前我从未想到它离我们如此之近。

教材是马老师自编的,收录了他多年整治污染的研究成果,很多属于他自己的技术秘密也照登不误。他有时似乎也有"知识产权"的概念,对我们说:"我的课只讲给我的学生听。"只要有外人来听课,他就喜欢"讲些重点的东西"。而在我们的课堂上,他总是恨不得把脑子都掏给我们。

一日,马老师饭后散步到一型煤厂,见到厂里生产的是普通型煤,他便找到头儿,非要告诉人家几项能降低硫氧化物的排放、减少污染的技术不可。那"头儿"也许以貌取人,也许对污染压根儿就不关心,也许不相信天下还有这等好事,反正把老马轰走了。偶说起此事时,老马一副耿耿于怀的样子。

　　毕业前,老马竭力煽动我们跟他去一单位搞毕业设计。他的广告语竟然是:"跟我搞毕业设计,有酒喝,有肉吃,有车坐。"结果去了后,"酒肉车"不幸都打了折扣。

　　其实,这不足为怪。老马给人家搞设计,完成之后,有的单位(特别是那些经济不景气的单位)的"头儿",只要称兄道弟跟老马喝几杯,最好再拉扯上些什么校友之类的关系,多哭哭穷,老马就会义无反顾地"扶贫",而忘了为何自己总属教授中的"第三世界"。

　　毕业时,老马送的"马语"是:"大学四年,你们应该带着'句号'进来,带着'问号'出去;不应带着'问号'进来,带着'句号'出去,那样你的大学生活是失败的!"

　　马老师啊,您好像什么都明白,又好像什么都不明白。

情感箴言 qíng gǎn zhēn yán

　　文章中的马老师是一个随性、达观的人,他朴实、真诚、负有社会责任感,这些品质值得我们每一个人学习。

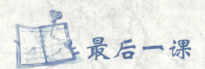

最后一课

　　天气转冷的时候,退休老教师郭绍言就病倒在床上了。这是他离开刘洼小学的第二年冬天。一年多来,这位孑然一身的老教师时刻都没有忘记他待了大半生的学校和那群可爱的孩子。如今,他老了,他不得不离开他一手创办的学校,可是他到底又舍不得走,他常常会一个人站在学校的院墙外,认真地听那些熟悉而又亲切的读书声。他想:孩子们真

幸福!

他就是在教室外面听孩子们念书时突然栽倒的。后来,村长刘宝田跟几个老师拉着一辆板车,把郭老师送进医院。但诊断的结果,却让所有人大吃一惊:癌症晚期!

郭老师自己也感到情况不妙的时候,刘村长赶到他的身边,轻轻告诉他:"郭老师,您为刘洼小学操劳了一生,培养了那么多的人才,我们刘洼村人永远也不会忘记您!"停了停,刘村长又声音哽咽地说,"郭老师,您有什么要求就说吧。"

郭老师费力地笑了笑,眼睛有些潮润。他张了张嘴,郑重其事地说:"村长,如果您同意,我想再给学生们上一堂课,不知……"刘村长望着面前这位脸色灰白、憔悴的老人,不禁热泪滚滚。他说:"郭老师,我同意您再给同学们上一堂课!"说着,刘宝田就有些泣不成声了。

郭老师是由几位年轻人搀扶着走进教室的。全体同学刷地一下站了起来。"老师好!"声音亮亮的,让人听了很受感动。

"同学们好!"郭老师声音颤抖,强忍着才没让自己的泪流出来。他吃力地坐在一把扶手椅上,望着面前那些可爱的孩子,挥挥手,说道:"同学们坐下吧!"说完,郭老师就翻开课本,激动地讲起来了。

教室内一片肃静,刘村长也坐在后面听课。郭老师微弱的声音异常清晰,深深地感染了孩子们。

郭老师讲完课,就让同学们自己朗诵课文。在一片童稚的吟诵声中,郭老师仿佛又回到了从前的日子里。他的心里豁然明朗起来,他欠了欠身子,竟然站起来,离开讲台,走向学生中间。教室里所有的人都呆住了,他们几乎同时给郭老师鼓起掌来。但是大家万万没有想到郭老师突然栽倒在地。掌声戛然而止,教室里一片寂静。刘村长第一个冲上去,抱住郭老师使劲摇晃着"郭老师,郭老师……"郭老师静静地躺在刘村长的怀里,头低垂着,一动不动。刘村长直直地望着郭老师,发现他的嘴角浮着一丝不易察觉的微笑。郭绍言老师在满足和幸福中安详死去了。

刘村长让人把郭老师抱到讲台的椅子上,然后声泪俱下地对学生们说："同学们，你们再送送郭老师，再读一遍课文给他听吧！他想听哩，他……他没有死！"学生们全都站了起来，他们一个个把小手缓缓地举过头顶，深情地喊了一声，"老师！"然后就一起泪流满面地念起了课文。

开始，声音很小，很细，不一会渐渐大起来，充满了整个教室。

情感箴言
qing gǎn zhēn yán

> 　　教师把全部的心血贡献给了他热爱的三尺讲台，直到生命的最后一刻。这是一种深情的眷念，更是不舍的追求。生命固然有限，但教师用生命谱写的乐章却永远在每个人心头回响。

风雪夜中亮着一盏灯

　　我家对面有一座山，山腰上有一所小学校。童年我就在这里上学。记得有一年冬天来得特别早，天气格外冷。一个风雪交加的夜晚，我早早就钻进了铺得软软的被窝。一觉醒来，我又习惯地向对面山腰望去，透过纷纷扬扬的雪花，张老师的窗口像往常一样闪烁着灯光，在这沉沉的雪夜，这灯光显得格外明亮、耀眼。

　　我猛然想起，张老师的木柴已经烧光了，这样冷的天，张老师拿什么取暖？我急忙翻身下床，悄悄地爬上小阁楼，把大哥留着大年三十炖猪头的好木柴背了一捆，向对面山腰跑去。

　　赶到老师窗下，我被眼前的情景惊呆了：寒风夹着雪花，顺着窗板的缝隙往里落，年久失修的窗户也在风中不停地颤抖着。张老师手握红笔，正在批改作业，她不停地跺脚，还不时放下笔，往手上哈着热气，灯光照着她疲惫的面庞和冻得发青的嘴唇……

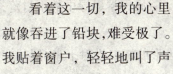

看着这一切，我的心里就像吞进了铅块，难受极了。我贴着窗户，轻轻地叫了声"张老师"。她吃惊地抬起头来，认出是我，便急忙打开了门……

学校门前的桃花开了又落了；一批批同学来了又去了。张老师窗上的灯光无论风霜雨雪，暑往寒来，每天都亮到深夜。她是在用青春和心血点燃着知识的明灯，照亮我们前进的道路……

情感箴言
qing gan zhen yan

老师是一盏灯，在风雪夜中照亮学生前行的路。呕心沥血、孜孜不倦的教师，失去了青春，却为无数人前进的路点燃了永恒的希望。

红叶情

我沿着潮湿的、铺满落叶的山间小道，拨开荆棘和野草，吃力地攀登着。头顶，蓝天一线，悬崖如壁；脚下，千尺深谷，幽深莫测。十点多了，太阳还没个影子。山谷里弥漫着淡青的烟雾，谷底青翠墨绿中的小村落，仿佛在朦胧夜色中的隐蔽下沉睡着。

在半山腰，恰有一束橙黄的阳光从锯齿形的峰口投射下来，照得浑身暖洋洋的。我坐在路边一块青石上休息，随手掏出那封奇异的信——信瓤无一纸一字，只是几片深红色的，还带着露珠水迹的梨叶。这是秦老师叫我捎给他的小儿子的。

他三十岁不到，在这个一天只能见到三四小时阳光的深山绝谷里，工作十一个年头了。这是一所简陋得无以复加的山村小学：两间教室，一间办公室兼宿舍、伙房、储藏室……三个年级，一共才十五名学生，他们都是祖祖辈辈目不识丁的山民的孩子。不要说火车、汽车，自行车也很少见过的呀！可是，他们会赤脚爬上高大的栗树，帮大人们收栗子；他们能像山羊一样攀上绝壁，采集草药，换书换本……秦老师深深地爱着这些生性勤劳勇敢的孩子们。孩子们也深深地爱着他们的秦老师。是他，给他们插上知识的翅膀，带他们飞过崇山峻岭，去认识伟大的祖国，了解大千世界……

午后三点阳光就被山峰遮住了，山谷里立即幽暗下来了，秦老师不得不开了灯继续给学生讲课。放学了，当他点着柴灶做饭的时候，从书里拿出一张照片递给我。一个五六岁的小男孩，稚嫩的圆脸蛋儿充满甜甜的笑意，胸前挂着一片枫叶。这，是秦老师的爱子"聪聪"。

"这小家伙伶俐得很呢！"秦老师仰起清瘦的面孔，朗朗地笑着、夸耀着，"他搂着我的脖子问：'我为什么姓秦？祖父为什么姓秦？他们怎么想

姓秦呢?······'瞧,他会把你问得哑口无言啊!"

胸前的枫叶,是去年国庆节秦老师领他在公园的枫林里寻觅到的。虽然半红半黄,他已经高兴得不行。穿了根线挂在胸前,回家冲着妈妈喊:"奖章,奖章!······"

前几天,刚上学的聪聪,写来一封字体歪七扭八的信,约他国庆节还回去摘红叶。为了搭伴,秦老师留我多住一宿。我们商定:明天上午动身回县城。

哪知,他又变了!吃过晚饭,他到几个学生家里补习功课,哼着小调儿回来的时候,在屋外就嚷:"伙计,明天你一个人走吧!"

"你不是想你的聪聪了吗?"

秦老师掏着兜,稍带惋惜地说:"你把这几片梨叶替我带回去吧。这里没有枫叶,橡子叶还没红呢。我不回去了,要在假期给几个学生好好补习一下功课!"

······

我在遐想中猛醒过来,凝视着手中这几片椭圆形的梨叶,它们还没有完全红透,叶尖上还有点儿浓绿和淡黄,红的部分也不像深秋里的枫叶那般猩红惹眼。但这鲜亮的深红色,却像紫玉般的润泽可爱,似乎蕴藏着不尽的情意。我越发感到它们沉甸甸的,有异乎寻常的分量······

情感箴言
qing gan zhen yan

> 片片红叶,代表着一个父亲未尽责任的惭愧,同时也代表着一个教师火热的心。师恩中蕴藏着不尽的深情,那是老师对学子一往情深的爱,是人性的光辉。

难忘的八个字

　　随着年龄增长,我发觉自己越来越与众不同。我气恼,我愤恨——怎么会一生下来就是裂唇!我一跨进校门,同学们就开始嘲笑我。我心里很清楚,对别人来说,我的模样令人厌恶:一个小女孩,有着一副畸形难看的嘴唇,弯曲的鼻子,倾斜的牙齿,说起话来还结巴。

　　同学们问我:"你嘴巴怎么会变得这样?"我撒谎说小时候摔了一跤,给地上的碎玻璃割破了嘴巴。我觉得这样说,比告诉他们我生出来就是兔唇要好受点儿。我越来越敢肯定:除了家里人以外,没人会爱我,甚至没人会喜欢我。

二年级时,我进了老师伦纳德夫人的班级。伦纳德夫人很胖,很美,亲切可爱。她有着金光闪闪的头发和一双黑黑的、笑眯眯的眼睛。每个孩子都喜欢她、敬慕她。但是,没有一个人比我更爱她。因为这里有个很不一般的缘故——

我们低年级同学每年都有"耳语测验"。孩子们依次走到教室的门边,用右手捂着右边耳朵,然后老师在她的讲台上轻轻说一句话,再由那个孩子把话复述出来。可我的左耳先天失聪,几乎听不见任何声音,我不愿把这事说出来,因为同学们会更加嘲笑我的。

不过我有办法对付这种"耳语测验"。早在幼儿园作游戏时,我就发现没人看你是否真正捂住了耳朵,他们只注意你重复的话对不对。所以每次我都假装用手盖紧耳朵。这次,和往常一样,我又是最后一个。每个孩子都兴高采烈,因为他们的"耳语测验"做得挺好。我心想:老师会说什么呢?以前,老师们一般总是说"天是蓝色的",或者"你有没有一双新鞋?"等等。

终于轮到我了,我把左耳对着伦纳德老师,同时用右手紧紧捂住了右耳,然后,悄悄把右手抬起一点儿,这样就足以听清老师的话了。

我等待着……然后,伦纳德老师说了八个字,这八个字仿佛是一束温暖的阳光直射我的心田,这八个字抚慰了我受伤的、幼小的心灵,这八个字改变了我对人生的看法。

这位很胖、很美、亲切可爱的老师轻轻说道:

"我希望你是我女儿!"

情感箴言
qíng gǎn zhēn yán

"我希望你是我女儿",这是发自灵魂深处的深情呼唤,是一个教书育人者的真情告白。美丽的心灵成就美丽的人生,这感人的八个字,怎能不使我们沉浸在那份发自肺腑的温暖呢?

我的初中老师

　　时间匆匆而过,在我记忆的天空里许多人都已经烟消云散了,然而,唯有一个身影如此清晰地存在于我记忆的最深处。她,便是我上初中时的班主任——赵老师。

　　那一年,我们家刚从乡里迁到城里,也恰在那一年,我考上了初中。为了方便省事,我转学到了离家不远的一所初中。

　　开学那天,从学校的新生榜上,我知道了自己被分到了初一(1)班。我怀着一种紧张的心情走进教室,随便找了一个位子坐下。教室里倒是显得比较安静,毕竟刚跨入一个崭新的环境,同学们互相都很陌生。这时,一个不算太高略微有点儿胖的身影来到了教室门口,这便是我第一次见到赵老师时留下的印象。她大约有五十多岁的样子,两鬓已有缕缕华发,圆圆的脸上带着母亲般慈祥的笑,眼睛不太大,却很有神,使人一看就知道这是一个精干、负责任的人。

　　以后的日子,证明了我对赵老师的印象是正确的。赵老师是我们的语文老师,她的文学功底很深,讲起课来旁征博引、妙趣横生,很是生动。在她的教导下,几乎每次考试,我们班的语文成绩都排在年级的前几名。记得那年下学期,学校组织了一场演讲比赛,结果前三名我们班占了两名。也许是赵老师的年龄的原因吧,再加上她脾气好,在同学们心里,她就像是一个慈祥的母亲,无微不至地照顾着我们。20世纪90年代初期时的消费水平很低,母亲一个礼拜给我十元钱的生活费,不但吃不完,还能剩一点儿去买点别的东西。有一天,班里一位同学十分倒霉(那些离家远一点儿的同学,都是住校的),刚从家回来没多久,身上装的一个星期的饭票突然不见了,这位同学急得大哭。赵老师知道后,马上

把他领到了办公室,好好劝慰,还从自己身上拿出钱来给了这位同学。

赵老师虽然脾气好,却极其坚持原则。她要是真的发起脾气来,没有人不胆战心惊的。除了教我们语文,赵老师还常常利用一些课余时间,给我们讲做人的道理,教育我们做人要诚实、踏实,不要弄虚作假。说到这里,倒让我又想起了一件事。有一次,年级搞了一个小测验,结果我们班一个同学用小纸条抄袭被赵老师逮个正着,这下子完蛋了。考试结束后,一向慈祥的赵老师发火了,狠狠地批评了那位同学,因为她不允许自己的学生取得成绩的方式是作弊,而是要凭借自己的真本事。那次考试,赵老师要求我们班排名倒数第一,那也是我们班唯一的一次倒数。也从那以后,我们班不管参加什么样的考试,都没有人抄袭,因为每个人在心里都记住了赵老师的那句话:做人要诚实,不要弄虚作假!

时间如梭,十几年过去了,许多老师甚至连名字都忘了,唯有慈祥的、好似母亲般的赵老师的身影,却始终清晰地铭刻于我的心底,它是那样的高大,那样的温柔,时刻给我以激励!

成长中难免遇到困难,但老师却能给你爱的馈赠,为你人生之路的顺畅提供帮助,把光明的方向指引给你。这就是老师在平凡岗位上造就的辉煌。

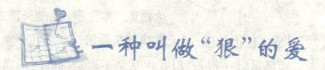

初二期末考试的前夕,一天午休的时候,有几个同学像往常一样,拿出扑克牌,刚刚放在课桌上,就听坐在窗户底下的同学低喊了一声:"班

主任来了。"准备玩牌的几个同学麻利地把扑克牌藏了起来。

　　班主任脸色极难看地进了教室，环视了教室一圈，严厉地问："刚才都是谁在打扑克？"全班死一般的寂静，没人吭声。

　　班主任犀利的目光在每一位同学的脸上掠过，最后，停留在我身上："尚庆海！"我闻声，紧张地站了起来。班主任问："刚才都是谁在打扑克？"我不假思索地说："没人打扑克，他们刚把扑克拿出来……"我还没有说完，班主任已经怒气冲冲地抓起教鞭狠狠地敲在我头上，一边敲一边狠狠地说："叫你没人打扑克！叫你刚拿出来！叫你不老实！叫你没人打扑克……"我当时咬着牙忍着一声没吭，但疼得眼里早已有泪水在打转。

　　在班里我可一直是三好学生，班主任向来都非常信任我，而且，我还是语文课代表。那天班主任问我，我知道班主任以为我一定不会让他失望，但令他没有想到的是，他一直器重的三好学生也会对他撒谎，班主任一定是失望之极……

　　可是，当时班主任不知道，那天我就是想趁机"告"那几个同学的状。我从不会去老师那里打小报告，但我也从来不对老师的问话撒谎，对此全班的同学都知道。如果我趁这个机会"举报"那几个玩扑克的同学，既是帮了他们，也不至于"得罪"他们。我对班主任只是想说当天没有人打扑克，他们刚刚拿出来，这也是事实，但以前他们趁午休时间在教室里玩

过,影响过别的同学,可班主任没有听我说完就对我大动肝火。

当时全班静得连地上掉一根针的声音都能听见,甚至所有人的呼吸都静止了,有几个女同学都吓得别过脸去。我想我没有必要再说下去了,反正已经当着这么多的同学受"辱"了,我摸着头上核桃大小的疙瘩,觉得很委屈,甚至有些怨恨……

后来,我对班主任一直冷眼对待,班主任可能也意识到了。在后来的学习中,我一直吊儿郎当,上课不是打瞌睡就是做小动作。班主任的目光每次和我无意碰撞之后,就默默地移开,我却故意挑衅地看着他。班主任那段日子却自始至终没有对我说过一句批评的话。

这种情况大概持续了有一个星期,我蓦然发现班主任的白发好像突然变多了,像是一个孩子猛然看见自己亲爱的父亲一下子变老的那种感觉,我的心莫名地痛了一下。

直到一次发放作文本,我看到了身为语文教师的班主任在我作文后面的评语,其实也不能说是评语,确切地说应该是对我的道歉:

尚庆海同学,那次老师没问明白就鲁莽地惩罚了你,那时老师以为你撒谎了而没有耐心听你说完,老师当时太"狠"了,才……,是老师不对,老师知道冤枉你了。你这几天的冷眼和不好好学习就算是对老师失当之处的惩罚吧。请原谅老师!从今天开始还和以前一样,努力学习,继续做老师的三好学生,好吗?

我看完班主任的"评语",当时就落泪了,不只为班主任主动替自己雪了冤,还为我拥有一个敢于承认自己错误、敢于向他的学生道歉、对他的学生有着浓浓父爱的班主任。我知道,那是一种叫做严厉、叫做"狠"的爱。

情感箴言
qing gǎn zhēn yán

人与人真诚的沟通,才是解决问题的最好方法。"狠"的爱是一种关心至极的呵护,是"恨铁不成钢"的焦急,不要责怪爱你的人,他们是你一生的珍宝。

再等两天

十七岁那年,我读初中三年级。我的父亲在市场上摆摊儿做小买卖,挣点儿钱以养家糊口。一天中午,我放学回到家里,见屋子里聚了很多人,有亲戚有朋友,大家议论纷纷。而母亲和哥哥却满面愁容,一问才知道,原来父亲被抓走了。

事情是这样的:那天早晨,市场管理所一位女工作人员到各个摊位上去收费。耿直的父亲认为有的费用不合理,便和那位工作人员争辩了几句。女工作人员争辩不过父亲(后经查,他们的收费项目中确实有不合理收费),就报警说父亲妨碍公务,带头抗税。于是,随后赶来的公安人员把父亲带到了派出所。一个上午过去了,父亲还没有回来。

我听后气愤极了,虽然我是个女孩子,但性格中却颇具男子气。下午我和哥哥到市场上将父亲剩下的货处理完,便开始

四处打听那个女工作人员的去向，终于找到了她的办公室。在她下班的时候，我在后面一直悄悄地跟踪到她的家，并画了一张路线图。

在第二天的课堂上，我满脑子想的都是该如何报复那个女工作人员，根本没有心思上课。中午放学的时候，班主任张老师叫住了我。看其他同学都走了，她才问我："你昨天下午没来上课，今天上课时又魂不守舍，究竟发生什么事了？"一向很坚强的我在慈母一般的老师面前终于露出了柔弱的一面，我放声哭起来。张老师听我断断续续地讲完事情的原委，安慰了我一番，最后她对我说："我很理解你此刻的心情，不过我有一个小小的请求，希望你能答应。""请求？""是的。无论你有什么样的打算，请你一定等两天以后再说。答应我，好吗？"看着老师那企盼的眼神，我点点头。

一天后，我最初的愤怒开始淡化。又过了一天，父亲平安地回来了，他同时带回一个消息——自己被减免了三个月的税费！

然而我心里又产生了一丝后悔。我难以想象，如果自己真的采取了报复措施，我的命运将会产生怎样的巨变。我深深感谢自己的老师当时没有用大道理来说服我，而是让我先冷静下来缓和心情。她让我的生活沿着正常的轨道一直运行到今天。

情感箴言
qing gan zhen yan

少年莽撞的心，被"再等两天"一句金玉良言所平服。教师以正确适当的方法教育孩子，不计功名，把一份真挚的礼物送给自己热爱的学生，此情此语感人至深。

传递贝多芬的吻

　　一位旅美钢琴演奏家,回国后办了一个钢琴培训班,招收的学员主要是少年儿童。

　　他教得很认真,但孩子们大都并不适合练钢琴,他们在琴房里的角色只是父母的梦想。但他喜欢这些孩子,尽自己最大的努力启发孩子们对音乐的领悟,试图从人格上影响他们。

　　演奏家与其他的教师有所不同,他并不是按同一个标准要求孩子们完成,而是找出不同难度的练习曲,分别让天赋不同的孩子们弹奏。

　　每当孩子们演奏完曲子,他都会来到孩子身后,轻轻拍拍孩子的肩,说:"不错,有进步。"

　　然后,他会站到讲台上,当着全体同学的面夸奖哪个孩子哪个乐章弹奏得好。

　　这是一种普通的教育方法。但是奇怪的是,他所教的孩子们的演奏技艺进步很快,不少孩子都出乎寻常地超过了自身原有的水平。

　　一次举行少儿钢琴大赛后,他教的一位孩子以一曲巴赫的"C大

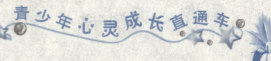

调"脱颖而出,成为金奖得主。其实这孩子原来的天分并不理想,他的父母不懂音乐,他们生活在工业区一家即将破产的企业的宿舍里。

有记者问孩子,为什么在短短几年内,他的演奏水平进步得这么快?孩子说:"每当我演奏完一首曲子,老师都要在我的肩上拍拍,鼓励我,我就会在心里对自己说,我要演奏得更好,让老师夸奖我。"这个答案显然没有满足记者的好奇心,他想从演奏家那儿知道这个孩子得奖的一切。

但演奏家没有说孩子,而是对记者讲了一个故事。有一个孩子很小的时候就开始练钢琴了,琴艺进展不是很快,他经常受到老师的责备。血气方刚的孩子便和钢琴老师吵了一架,钢琴老师对孩子说:"你没有音乐天赋,你只是一个能把钢琴弹出声音的人,而不是演奏家。"老师的结论,让孩子陷入了无法自拔的痛苦之中,他也怀疑自己是不是弹钢琴的料,他想转行学点儿其他有用的东西。但在一次偶然的机会,他遇上了一位钢琴演奏家,当他知道孩子会弹钢琴时,便让他当场弹奏几曲,孩子便从容地弹了自己最拿手的曲子。弹奏完毕,演奏家站起身来,在孩子的额头上轻轻吻了一下,说:"我的孩子,这个吻来自贝多芬。多年前我的老师把这个吻传递给我,现在我把它送给你,好好照料这个贝多芬的吻。"

那个孩子从此后就甩掉了所有的自卑,因为他要承受得起这个来自贝多芬的吻。

演奏家对记者说:"那个自卑的孩子就是当年的我,当我来到国内,看到我的学生时,我也要把这个来自贝多芬的吻传递下去,只不过按照中国人的习俗,我把它换成了轻轻地拍肩。"

情感箴言
qing gǎn zhēn yán

传递贝多芬的吻,其实是传递爱的过程。老师用"拍肩"这个不起眼的动作,点亮了许多孩子的前程。因为这个老师懂得,自信才是成功的基础。

没有一种草不是花朵

那时我们还居住在深山里的乡下，我还是个十五六岁的孩子。春天，小草刚被融雪洗出它们嫩嫩的芽尖时，老师告诉我们，学校准备组织我们搭车到百里外的县城去参加全县的作文竞赛。我们一听既兴奋又担忧，兴奋的是，我们能够坐上大汽车去县城里看看了；担忧的是，我们这群山里的孩子，作文能赛过城里的学生吗？

头发花白的老校长看出了我们的忧虑，他就说："你们常常上山下田，谁能说出一种不会开花的草？"

不会开花的草？蒲公英是会开花的。它的花朵金黄金黄的，秋天时结满降落伞似的小绒球；汪汪的狗尾草也是会开花的，它狗尾巴似的绿穗穗就是它的花朵；就连那些麦田里的荠荠草也是会开花的，它的花洁白洁白的，有米粒那么大，像早晨被阳光镀亮的一颗颗晶莹的露珠。我们想来想去，把每一种草都想遍了，可是谁也没有想出有哪一种草是不会开花的。我们想了半天都摇摇头说："老师，没有一种草是不开

花的,所有的草都会开自己的花朵。"

老校长笑了,说:"是的,孩子们,每一种草都是一种花,栽在精美花盆里的花都是一种草,而生长在田地边和山野里的草也是一种花啊。不论生活在哪里,你们和其他人一样,都是一种草,也都是一种花,记住,没有一种草不会开花,再美的花朵也是一种草!"

几十年过去了,当我从深山里的乡下走进都市里的大学,当我从一名乡下青年成为城市缤纷社会的一员,当我面对一束束流光溢彩的鲜花和一次次雷鸣般的掌声时,我从不自卑,也没有浮躁过。我总会想起老校长的那句话——没有一种草是不会开花的,而每一种花朵也是一种草。

情感箴言 qing gan zhen yan

> 老校长用特别的方式向孩子们说明了一个道理:每个人都有自己的闪光点,不要自暴自弃。相信自己,只要努力就会有成绩。没有一种草不是花朵,同样,没有一个人不是强者,关键是你生活乐观向上的态度。

师恩浩荡

每年的教师节,我都要给远隔千里的张老师寄一张亲手绘制的贺卡,每次贺卡上都少不了四个字——师恩浩荡。多少年来,这四个字不仅使我时时回忆起张老师对我的教诲,更重要的是,这四个字还时时提醒我要努力去做一个好老师。

那是十五年以前的事情了,当时我的父母为了让我接受到当地最好的教育,把我从本村的小学转到了镇上的一所中心小学。不知怎么的,自从转到镇上求学后,我的学习成绩直线下降,这可急坏了我的父母。

更为恼人的是,有时有些同学故意模仿我结巴的样子来取笑我,使得原先就有些轻微结巴的我竟然成了一个十足的结巴患者。当我在课堂上回答老师的提问时,时常惹得全班同学哄堂大笑。但是农村孩子特有的倔犟脾气和争强好胜的性格驱使我不肯轻易认输。他们越是在课堂上取笑我,我就越要踊跃发言,我要证明自己不比他们差。其实,有时老师提的问题我根本就不会,但我还是冒着很大的风险踊跃举手,以此表现自己,证明自己,超越自己。就这样,我以自己特有的方式在心里和他们暗暗较量着。

不久,这事情露馅了。由于我太心急,老师刚提完问题,我就迫不及待地举起了手,老师见我举着手就让我站起来回答,结果我一句话也说不出来……他们更加取笑我了,很快我就败下阵来。别说不会的问题了,就连会回答的问题,只要老师一叫到我的名字,我就紧张得什么都忘记了。我的学习成绩从此一落千丈,结巴也变得更加严重起来,我开始哭着,闹着,央求着父母把我带回村里的小学。

好在这时班主任张老师发现了我的这种反常现象。一天,她把我单独叫到她的办公室,告诉我,她已经注意我好长一段时间了。她关切地

问我:"你在课堂上回答老师的提问时,是不是对老师提出的问题没有想好就举手了?"我沉默着。"你是不是因为结巴,站起来回答问题时感到很慌张?"我还是沉默着。"你是认为不举手怕老师说你不认真听讲,还是怕其他的同学取笑你?"我继续沉默着。但我开始觉得她很懂

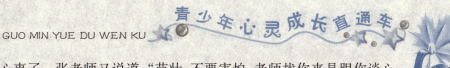
我的心事了。张老师又说道："苗壮，不要害怕，老师找你来是跟你谈心的，绝不是为了批评你。请你跟老师说实话，让我俩一起来渡过目前的难关。

请你告诉老师，当站起来回答不出老师的问题时，你心里是怎么想的呢？""很难过。其实有时候我是知道答案的，可站起来一紧张又忘了！"张老师笑嘻嘻地望着我，她人本来就长得漂亮，那可是天下最美丽的一张脸呀，但是我最不能忘却的却是当时那句改变我的，足令我终生难忘的话："苗壮，咱俩约定一下好吗？当你对老师提的问题有把握时，你就举左手，老师就会请你第一个发言，让老师和同学们一起来分享你的成功；如果你没想好问题而又想举手，你就举右手，老师就会请别的同学发言，你也可以分享一下别人的成功，你看这样可以吗？"我什么也没说，只是轻轻地对张老师点了点头。走出她的办公室后，我的泪水夺眶而出……

有了这份约定，有了这份默契，有了这份鼓励，在以后的日子里。我和张老师彼此保守着这个秘密，两人"合作"得很好。到第二个学期结束的时候，我的学习成绩竟然跃居全班第一，结巴也不治而愈了。现在想来，我是多么的幸运啊：在我跌入低谷时，在我自暴自弃时，万分幸运的是遇到了张老师。可以这样说，正是那次谈话，正是那个小小的约定，把我从悬崖边上给拉了回来……

一晃十五六年过去了，张老师也老了，但是在我的心目中，她依然是那样的美丽。如今，她当年的学生我，也已经当了八年的老师了。八年来，"师恩浩荡"这四个字始终引导着我，激励着我，鞭策着我，告诉我一定要努力去做一个像张老师那样的好老师！

师恩浩荡！

qing gǎn zhēn yán

> 　　小小的合作，使一颗无助的心得到了莫大的鼓舞，这就是浩荡的师恩——即使平凡的话语也可能激励人的一生。聆听那谆谆教诲，感受老师的爱。

信念的力量

　　鲁西南深处有一个小村子叫姜村,这个小村子因为这些年几乎每年都要有几个人考上大学、硕士甚至博士而闻名遐迩。方圆几十里以内的人没有不知道姜村的,人们会说,就是那个出大学生的村子。久而久之,人们不叫姜村了,大学村成了姜村的新村名。

　　姜村只有一所小学,每一个年级一个班。以前的时候,一个班只有十几个孩子。现在不同了,方圆十几个村,只要与村里有亲戚关系的,都千方百计把孩子送到这里来,人们说,把孩子送到姜村,就等于把孩子送进大学了。

在惊叹姜村奇迹的同时，人们也都在问，都在思索。是姜村的水土好吗？是姜村的父母掌握了教孩子的秘诀吗？还是别的什么？

假如你去问姜村的人，他们不会告诉你什么，因为他们对于秘密似乎也一无所知。

在二十多年前，姜村小学调来了一个五十多岁的老教师，听人说这个教师是一位大学教师，不知什么原因被贬到了这个偏远的小村子。这个老师教了不长时间之后，就有一个传说在村里流传。这个老师能掐会算，他能预测孩子的前程。原因是，有的孩子回家说，老师说了，我将来能成数学家；有的孩子说，老师说将来我能成作家；有的孩子说，老师说将来我能成音乐家；有的说，老师说我将来能成钱学森那样的人，等等。

不久，家长们又发现，他们的孩子与以前不大一样了，他们变得懂事而好学，好像他们真的是数学家、作家、音乐家的材料了。老师说会成为数学家的孩子，对数学的学习更加刻苦，老师说会成为作家的孩子，语文成绩更加出类拔萃。孩子们不再贪玩，不用像以前那样严加管教，孩子们也都变得十分自觉。因为他们都被灌输了这样的信念：他们将来都是杰出的人，而有好玩、不刻苦等恶习的孩子是成不了杰出人才的。

家长们很纳闷儿，也将信将疑，莫非孩子真的是大材料，被老师破了天机？

就这样过去了几年，奇迹发生了。这些孩子到了参加高考的时候，大部分都以优异的成绩考上了大学。

这个老师在姜村人的眼里变得神乎其神，他们让他看自己的宅基地，测自己的命运。可是这个老师却说，他只会给学生预测，不会其他的。

这个老师年龄大了，回了城市，但他把预测的方法教给了接任的老师。接任的老师还在给一级一级的孩子预测着，而且，他们坚守着老教师的嘱托：不把这个秘密告诉村里的人们。

我的几个好朋友就是从姜村走出来的，他们说，他们从考上大学的那一刻起，对于这个秘密就恍然大悟了，但他们这些人又都自觉地坚守

起了这个秘密。

听完这个故事，我一直在被这位可敬的老师感动着。人世间还有什么力量能超过信念的力量呢？他是通过中国最传统的方式，在这些幼小孩子的心灵里栽种了信念啊！

情感箴言
qing gan zhen yan

人的信念是支撑生命的力量，不要妄自菲薄，也不要自卑气馁。坚定生命的信念，你就有了最伟大的信仰，最好的导航，就有了取之不竭的力量源泉，这就是生活对你的回馈。

温暖一生

在那个钞票紧张，布票、肉票更紧张的年代，我们一直过着贫困而褴褛的生活。一件衣服老大穿小了老二穿，老二穿破了缝补一下再给老三套上。我有两个哥哥一个姐姐，姐姐排行第三，就经常穿一身不太合身的男式服装，而所有的旧衣服，不论是哥哥们的旧外套，还是姐姐穿小了的花毛衣，最终都套在了我身上。

我最好的一条裤子是姐姐穿小了送给我的，料子还不错，涤卡的，是干裁缝工作的姨妈送的，不过样式让我很难为情。那时候还只有男的穿前开门的裤子，女式的裤子则都是侧开门的，"男女有别"让我不再把上衣扎进裤子里，而是遮掩在裤腰上。为了减少上厕所的次数，我下了课都要有意忙活出一身大汗，还努力憋着，回到家里才"肥水不流外人田"。实在憋不住了，就瞅个机会跑到教师专用小厕所里迅速解决问题。

但常在河边走，哪有不湿鞋的道理？很快就被一位高年级的数学老

师逮了个正着，并带回办公室接受批评。当我嗫嚅着把我的裤子展示给老师看的时候，他竟然什么也没说，只拍了拍我低垂着的脑袋就让我回教室上课了。回到家我在母亲面前哭了半晌，母亲叹了半天气也没松口，其实我也知道箱子里的那几张布票是给大哥结婚买被面用的。

哭过了仿佛轻松了许多。穷人的孩子总是懂事早，即使母亲答应拿出布票来给我做裤子，我也不会安然接受而耽误哥哥的婚姻大事。没有办法，我只好整个白天都光吃饭不喝水，嘴唇干裂了就趴到水龙头下润一润。但纸包不住火，上体育课的时候我穿女式裤子的事还是被眼尖的同学发现了，并一时传为笑柄。

第二天，我坚决拒绝穿姐姐的那条裤子，换上一条破旧的裤子去了学校。没想到平时从不理我的文艺委员却在校门外拦住了我，很不好意思地说她有一条前开门的裤子不好意思穿，想跟我商量商量能否跟我换换。

我当然大喜过望，从此那条裤子就松松地穿在了文艺委员的腿上，却被同学们嘲笑为我俩"合穿一条裤子"。我记得有一天她是哭着跑回家的。

后来我知道了文艺委员就是那位数学老师的孩子，而换给我穿的那条裤子花去了老师积攒了半年的布票。那条裤子后来穿破了，却一直整整齐齐地叠放在我的衣橱里，看到它我就想起一位老师是如何用自己的方式帮助了一个贫寒的孩子，并使他保留住了仅存的一点自尊。这点小小的呵护，温暖了我的一生。

情感箴言
qing gan zhen yan

在物质充裕的今天，有谁会想到一条裤子的价值，又有谁能理解这一条裤子中包含的师生情呢？这段真挚的感情带给学生的是一生的温暖。

师作舟楫徒行船

　　我上初中的时候,有一位杜老师教地理,杜老师授课授出了艺术,授出了绝招儿,他把中国各省和世界各国地图,主要物产、矿藏、人口、气候、位置等情况都烂熟于心,都说杜老师肚子里装着山河!杜老师上课基本上不带教案和课本,经常在外边散步,课代表过来叫一声"杜老师,该你的课了",他就应一声"嗯,知道了",就慢慢踱过来。进了教室,问大家:"上节课讲到哪了?"同学们告诉一声,他就随口接着讲起来,好像他肚里装着教案和课本一样,杜老师最绝的是脸对着同学,嘴里不停地讲

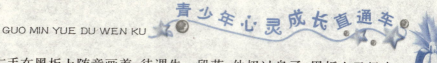
着,右手在黑板上随意画着,待课告一段落,他扭过身子,黑板上已经出现了一幅他所讲的中国某省或世界某国的地图,基本没啥差错,用现代的话概括,那就是"酷毙了"。

毕业那年,我们班地理平均成绩全地区第一。

一晃十几年过去了,有一年春节,我们几个要好的能联系到的同学回老家过年,大家就请了杜老师及其他几位老师团聚,以感谢当年教诲之恩。

几个同学虽然都在天南海北,大都事业有成,或成"总"或当"长",今天旅游明天开会全国逛。甚至其中有两个同学因工作性质或生意需要,今天菲律宾、新加坡,明天英伦三岛、法兰西,后天又到美利坚、加拿大,在地球村里蹿来蹿去。席上觥筹交错,渐渐红光满面,在老师面前开始还有些拘谨,面红耳热之后就放开了话头。

酒正酣,话愈多。突然,那个春风得意今赴美明飞欧的同学,醉醺醺地又端起了酒杯向杜老师敬酒,嘴里却有些揶揄的意味,说:"杜老师,你课教得那么好,世界装在你胸中,却最远只去过小县城,我是你教出的学生,却非洲、欧洲、大洋洲到处跑,你说这是为啥?"

醉话一出,一桌寂然,有人就在桌下狠狠地踩那位口吐不敬之言的同学的脚。但话语出口,覆水难收,人们也无可奈何,只好偷眼看着杜老师。

杜老师却毫不介意,脸无异色,一如往常,接过敬酒一饮而尽,细细品尝美味,又举箸夹菜压酒,这才慢悠悠地说:"你说得很对,我胸怀世界却足不出县,你是学生却飞遍全球,这是我的心愿,我的成果,这就是师之意啊,正所谓'师作舟楫徒行船'嘛。"

闻听此言,一桌肃然,人人彻悟,无人再醉。

情感箴言
qíng gǎn zhēn yán

> 老师甘心做一块铺路石,在耗尽心力后,为学生的成功奉献着那份至死不渝的爱。"师作舟楫徒行船",在你一帆风顺时,不要忘记浩荡的师恩。

老师无法拒绝美

　　熊老师是我的中学语文教师。由于他手脚特大，又爱戴副大黑框眼镜，常使人想起憨厚的狗熊，于是背地里同学们都称他"熊哥"。

　　那时，同学们都喜欢恶作剧。上课时，常悄悄往老师背上甩墨水，同学们称之为"梅花铭"。有一次"熊哥"穿了件雪白的衬衫来上课，我暗地心喜，心想表现自己天才技艺的机会来了。整节课，我都在找机会，终于在他讲得得意之际，我把钢笔轻轻一晃。一排清晰的墨色梅花便在他雪白的衬衫上傲然开放。不知是同桌暗示，还是他背上长有眼睛，快下课的时候，他终于发现了梅花。我心里一乐，想：这下可好了，看戏的机会又到了。

　　我假装若无其事地注视着他，想看他如何大发雷霆，如何苦口婆心地教训我们。谁知他却脱下了衬衫，只穿件背心，指着"梅花"，笑着说："同学们，看来我和你们的感情，还没有你们班主任的深。你们甩在我身上的墨水还没有

你们班主任身上的多。看来，我还要努力……""哄……"他的话还没说完，同学们就大笑起来。从那以后，再没有人从事"梅花铭"的工作了。

还有一次作文，为了交差，我便抄了一篇交上去。没想到下次作文课，我的作文居然成为当众宣读的范文。我既受宠若惊又忐忑不安，心想要出事了。果然没读几句，我的反对派便站起来指责道："老师，李树彬的作文是抄的。"我的脸一下子便红到了脖子根儿。"熊哥"看了看窘迫中的我，又看了看趾高气扬的"告密者"。他顿了顿道："孩子们，这篇文章太美了，老师无法拒绝美，所以让我们一起用心欣赏。在此之前，我们要感谢李树彬同学，谢谢他给我们推荐了一篇这么美的文章。我也相信总有一天，李树彬同学也会写出同样美的文章来。我想他不会令我失望的。"说完，静悄悄的教室，又回荡起熊老师特有的那种抑扬顿挫的朗诵声。

我脸上的烧退了。"老师无法拒绝美。"这句话一直在我脑海中萦绕。坐在座位上，我深受感动，觉得非要把书读好不可，否则对不起熊老师的宽容和赏识，同时也使我见识到作为一名教师人格的美和平凡中的伟大。

去年9月，我特地去拜访赋闲在家的熊老师。一见面，他便笑着说："当年的捣蛋鬼，果然没令我失望，如今都快成作家了。"

qing gan zhen yan

真正的美源于灵魂深处的真诚，是一种伟大的道德感召力。身为人师，以德育人才是真正的为师之道，只有这样，才能教育出优秀的学生。

永远的感激

十二岁那年，带着母亲的嘱咐和对未来的憧憬，我只身从一个落后的山村来到繁华的都城求学。由于年少轻狂寄居他乡，人地生疏不谙世事，自己那娇生惯养的犟脾气还没来得及收敛，我就被学校开了"刀"——给予记过处分，并全校点名批评。

那是在一次课间活动中，邻桌的一女生笑我的"东洋头"土里土气，就像她家的锅盖。我顿觉自己的尊严受到了莫大的侮辱，盛怒之下，一巴掌重重地打在了她的脸上。

从此以后，人们都讥讽我是个心理不正常的人。班上的女同学鄙夷我唾弃我，男同学厌恶我逃避我。初来乍到，正渴求友谊的我一时成了人见人躲的孤家寡人。

被人隔离的苦痛和心酸犹如一块烧红的铁块深深地烙在幼稚而敏

感的心上,使我感到了从未有过的委屈和耻辱。我渐渐丧失了求学的信心和勇气,甚至想到了辍学。

这时,班主任耐心地安慰我说:"努力学习吧,争取用优异的成绩来证明你自己!"

证明自己?好面子的我犹如一只在茫茫海洋中挣扎的旱鸭子抓到了一束水草,死死地抓住这生存的最后一线希望。我暗下决心要一鸣惊人,绝不让人瞧不起!

可是,就凭我那在及格边缘徘徊不定的成绩,甭说"一鸣",就算是"三鸣"、"四鸣",恐怕也难以"惊人"呀!绞尽脑汁苦思冥想后,我想到了投机取巧:偷改试卷!

按照周密的计划,我顺利地偷改了第一科考试卷。当第二科考试结束后,我又跟踪监考老师来到了试卷存放处,并于当天傍晚,趁老师们吃饭的时候,偷偷地从窗口爬了进去。

可是,这次并不那么顺利了。我在屋里翻箱倒柜都找不到试卷,加上做贼心虚,我一时乱了手脚,不小心碰倒了桌上的暖水瓶,"砰"的一声爆炸把我吓得浑身发抖。

当我正准备逃离现场时,屋外传来了急促的脚步声。这脚步声无异于平地响起了一阵惊雷,我分明感到整个世界都在坍塌。我无处逃遁又无法面对即将发生的一切,惊慌失措的我只好急忙钻到桌子底下一个黑暗的角落缩成一只"刺猬"。

紧接着是扭动钥匙开门的声音。这声音像一把刺向我的钢刀,肆无忌惮地剜割着我本已不堪一击的神经,我简直快被这突如其来的恐惧给吞噬了。

那个人走了进来,随手拉亮了灯。

在这间设备简陋的办公室里,"躲"在桌子底下的我犹如脱光了衣服赤裸裸地站在光天化日之下。我彻底失望了,哆哆嗦嗦地钻了出来,但仍旧用双手紧紧抱住脑袋呈投降姿势,背向着他顽强地固守着自己最后一点可怜的"自尊"。

那人愣了愣,沉默不言。他似乎早有预料似的,丝毫没有惊奇的举动,也没有像我预想的那样,首先严厉地质问我几句,然后看清我的真实面目,再然后就是"擒贼"。

不知道僵持了多久,这异常的氛围在死一般的沉寂中逐渐平静了下来。我偷偷地叹了一口气,他才终于开口了:"我已经知道你来这里的目的了。"他这句话更是把我弄得手足无措,我决定主动揭开这最后的面纱——转身面向他,听命他的发落。

"你不必转身面向我!"他急忙阻止道,"你只需静静地沉思三分钟,自我检查一下你的行为。"

约摸两三分钟过后,他继续缓和地说:"我不知道你是谁,也不想知道你是谁。现在我面向墙壁,你出去吧!记住,今晚的事只有你我知道,今后你还是个好学生!"

转身出门的一刹那,我发现他就是我的班主任!

虽然,那次考试我终于没有"一鸣惊人",但在被人遗忘了三年之后的中考中,我以全县第一名的成绩考上了区里的一所重点高中。

时过境迁,斗转星移,多年前那个曾企图通过偷改试卷来挽回自尊的小男生,现在已经名正言顺地跨进了大学的校门。而今,回过头来看自己走过的路,我可以问心无愧地告慰我敬爱的班主任:"我还是一个好学生,真的!"

情感箴言
qíng gǎn zhēn yán

人生漫漫长路,一个人难免有误入歧途的时刻,而那些及时引领失路人走向光明的智者,是让人尊敬与佩服的。

让自己看见生命中的蓝天

中考时，因没考上重点高中，我不禁感到心灰意冷。父亲的斥责在我眼里成了唾弃，母亲的鼓励也被我视为唠叨。一种难以道明的青春年少时期的叛逆使我开始憎恨这个世界，开始与父母、老师甚至自己作对。

班主任曾私下不止一次对我的同学断言，如果将来有一天，我也会有出息的话，那一定是上天瞎了眼。对此，我从来深信不疑。那时候的我是学校最鲜活热辣的反面教材，老师可随时毫无顾忌地当着同学的面将我贬得一文不值。

　　然而，一次戏剧性的偶然让我对生活的态度发生了截然改变。那是一次"学习交流会"，学校年级前二十名的优等生在小会议室交流学习心得体会，而年级排名后五十名的差生则安排在大会议室作"分流动员教育"。身为年级排名后五十名的我当然是重点教育对象。虽然在校待了差不多两年，各种办公室倒是进过不少，会议室却是破天荒头一遭，我竟阴差阳错误入了小会议室。后来我就想，这也许就是班主任所说的"老天瞎了眼"的时候吧！

　　主讲是一位小老头儿，一个挺有风度的外地教授。他所讲的无非是些现阶段中学生应该注意哪些心理问题什么的，听起来挺无聊的，弄得我昏昏欲睡。突然，蒙眬中的我瞧见坐在老头儿旁边维持秩序的政教处主任的眼神奇怪地朝我这边闪了一下，一种不祥的预感从心头涌起。

　　果然不出所料，当着众多人的面，我被政教处主任"请"了出去。"你应该到大会议室去，那里才是你们这些垃圾待的地方！"政教处主任狠狠地对我喝道。

　　"发生了什么事？"老头儿走了过来。

　　"没什么，"政教处主任瞄了我一眼，不屑地说，"这个家伙不知好歹混了进来，我正要把他赶走，他是我们学校最差的学生！"我默不作声地瞪着他，心里的火焰蹿得老高。

　　老头儿扶了扶眼镜，和蔼地端详了我一会儿，"一个挺好的孩子，你怎能够这样说自己的学生呢？"政教处主任的脸刷地尴尬起来。"如果你不介意继续听我讲座的话，我将深感荣幸。"老人对我说。刹那间，一股暖流涌遍了我的全身，一位德高望重的教授对一个不可救药的劣等生说"我将深感荣幸"，我不是在做梦或是听错了吧？我激动得说不出话来，深深地向教授鞠了一个躬，直着腰从前门走出了小会议室。

　　"考上大学只能证明文化知识也许学得不错，会打球会绘画会唱歌会跳舞也仅仅表明一种生活的兴趣与修养，可是我们这些老师们却常常忽视了一个最基本的问题：怎样培养学生从小就以积极的心态面对生活，这才是最重要的，谁也无法知道明天将会怎样，谁也没有权力去预言

别人的明天,如果觉得生活对你不公平,不妨试着换一种心态生活,你或许会发现,摘下眼镜,蓝天始终还是蓝天……"老教授温暖的话语让我至今记忆犹新。

情感箴言
qing gǎn zhēn yán

人的心境造就人的态度,其实每天都是晴空万里,只是你关闭了心窗,不让阳光射进来。让自己看见生命中的蓝天,热爱你所处的世界,你会发现生活无限美美好。

惩 罚

　　我是在一所县城念的小学。五年级时,学校成立了许多课外兴趣小组,有美术小组、音乐小组,还有生物小组。每个同学都可以根据自己的兴趣和爱好,选报一个小组。

　　当时,我对音乐和美术都没有多大兴趣,于是便选报了生物兴趣小组。

　　生物兴趣小组共有二十一位同学,给我们上课的是我的班主任李老师。李老师三十刚出头,鼻子上架着副眼镜,略微有点儿胖的脸上总是带着浅浅的笑容,看上去一点儿也不严厉,同学们都很喜欢她。

　　兴趣小组开班的第一天,李老师便给我们布置了一道作业——利用课余时间观察一种动物的生活习性,并每周写一篇观察日记。

　　生物兴趣小组的同学大致可以分为两类,一类是家住县城的城里孩子,另一类就是像我这样家住城郊的农村娃。由于城里孩子家中的经济条件普遍较好,因此,他们平时在我们面前总会有意无意地显露出一种优越感，好像高人一等似的。对此，我心里一直都不服气，总想找个机会挫挫他们的锐气，灭灭他们的威风。这次，我觉得机会来了。因为这些住在钢筋水泥"丛林"中的城里孩子，平时除了猫和狗之外，很少见到其他动物，因此，他们选择的观察对象大多是猫、狗、鸽子之类的小动物。我决定选择一种他们城里孩子没有，而且非常难得一见的大家伙来观察。于是，我大声地告诉老师，我将把我家饲养的一头大黄牛作为观察对象。果然不出所料，我的话音刚落，便有几个城里孩子向我投来既羡慕又略带妒忌的目光。他们的这种眼神，让我暗自得意了好几天。

其实，我家并没有养黄牛。当时报这个观察课题，完全是出于一时的冲动。为了完成观察日记，我翻箱倒柜地从家中找出几本有关家畜饲养的科普书，然后将上面描写的生活习性的文字摘抄下来，再凭着自己对黄牛的一些了解，添枝加叶地修改一番，便作为观察日记交给老师。

转眼三个多月过去了，一个学期马上就要结束了。这天下午，是我们生物兴趣小组的最后一堂课。李老师对我们说："在兴趣小组开班的时候，我曾给大家布置了一道观察题。同学们做得都很认真，每周都按时交来了观察日记。其中，尤其以汪继峰和吴军两位同学的观察日记写得最为详细生动。今天，我就组织大家一起去这两位同学的家里，亲眼看一下他们饲养的黄牛和山羊。我已经从外单位借来了一辆面包车，现在我们就出发吧！"

听完老师的话，我的脑袋顿时

"嗡"的一声乱作一团。老师和同学们要去看我家养的黄牛,这可怎么办?当他们发现我家并没有养牛时,老师会怎么批评我,同学们又会怎样嘲笑我……

我昏头昏脑地跟随着大家上了车,坐在最后一排。随着车轮的转动,我的心跳得越来越快。当汽车驶离县城,快要开到村口时,我紧张得都快要晕过去了。在一个岔路口,李老师突然让司机把车停下来,看了一下手表说:"哎呀,时间不够了。这样吧,我们还是去看看吴军同学家养的老山羊吧。对不起,汪继峰同学,我想我们没有时间去看你家的大黄牛了。"

老师的这番话,让我那颗已经提到嗓子眼的心,终于又放了回去。当时那种如释重负的感觉,我至今都忘不了。从老师看我的眼神中,我清楚地感觉到老师其实早已知道我在撒谎。老师之所以没有揭穿我的谎言,是怕伤害我的自尊心。她巧妙地用这种"道而不破"的方式,既给我了惩罚,让我认识到错误,又没有伤害我的自尊。

这件事虽然已经过去二十多年了,但我至今依然记忆犹新。正是从那一天开始,我发誓今生今世永不撒谎。在以后的岁月里,尽管因为拒绝撒谎,我曾失去一些只要撒一句谎便可轻松到手的利益,但我毫不后悔。没有谎言的日子,我活得很轻松,很有尊严。撒谎也许能够谋得一些不正当的利益,但这是要付出代价的。因为谎言终有被揭穿的一天。当谎言即将被揭穿的那一刻,后悔、自责、恐惧、难为情等诸多情感一起涌上心头,那种感觉会非常难受。

情感箴言
qing gan zhen yan

　　师生之情往往就在细微的接触中。老师点到为止的惩罚,把撒谎的错误牢刻在孩子心中。正确对待学生的成长,帮助他们塑造完美的人格,这是教师给予学生最好的知识与启示。

豆苗的老师

　　炎热的夏天里,大山深处一个叫鹿茸沟的村子,这天来了一个人,说是招井下挖煤工的。大伙听了对那人说:"你别招了,肯定招不到人的,你钱再多、咱再穷,可谁愿拿自己的小命换钱啊?"

　　那人垂头丧气地正要回去,却听到有人说:"我愿意去!"

　　大伙一看说话的人,都愣住了,要去的不是别人,竟是村子里唯一的教师陈平凡!鹿茸村将近二十个学龄儿童全是陈平凡的学生,他一个人从一年级一直教到六年级。当下有人着急地说:"陈老师,您不要命啦?那小煤矿也是去得的?您不想回来教孩子们啦?"忽又想到什么,连连拍打自己的嘴说:"呸、呸,乌鸦嘴,陈老师您莫见怪!"

陈平凡点点头，只说了一句："我是一定要去的。"

当晚村子里便议论开了，说肯定是陈平凡想钱想老婆想疯了，快四十的人了还是光棍一个，他这是想趁暑假挣大钱娶老婆哩。陈平凡却像没听到似的，抱着一大摞书本铅笔，挨家挨户分送给他的学生们，一边送一边摸摸他们的头说："好好学习，咱村子翻身就靠你们这些娃儿将来有水平哩。"当来到六年级的豆苗家时，陈老师把一本大红封面的漂亮的笔记本送给她，说："豆苗，夏天一过就上初中了，到时候老师会来送你的。你是村子里最有把握考上大学的孩子，老师希望你将来考所师范大学，回来好接老师的班，好吗？"豆苗只顾兴奋地摩挲着笔记本外面的塑料皮，她一点儿也不舍得拆开，头一个劲地点，可心里想：我将来才不要回到穷大山里做教师哩，咱这学校都破得不像样了，我要到大城市里生活。

时间过得很快，天气一点点地凉爽了，一晃暑假就要过去了，孩子们开始天天站在村口盼起陈老师来，以前跟老师在一起的时候光惹老师生气，现在几十天不见却又平白无故地想起老师来。豆苗更是一天跑三次村口，眼都望酸了，因为老师答应过要送她去山外读初中的，可一直没有看到老师那弯腰弓背的瘦削身影。

这天老师终于回来了，却是躺在一个小小的盒子里被两位政府人员送回来的，原来那小煤矿发生了透水事故！

大伙愣了片刻后，忽然狠狠地抽起自己的嘴巴来，血沫都抽出来了，一边抽一边大喊："打烂你这张乌鸦嘴！陈老师、陈老师，你真的走了吗？你走了孩子们怎么办啊？"

孩子们早已"哇"地大哭起来，豆苗抱着笔记本哭得快要背过气了，说："老师、老师，你骗人，你说过送我上初中的！"

两个政府人员红着眼眶说："陈平凡的亲属呢？请把抚恤金领一下！"

大伙擦擦眼泪没有主张了，陈老师可没有亲人啊！这时蹲在一旁的豆苗抽抽搭搭地小心揭开那本鲜红笔记本的塑料封皮，她要把今天这难忘的一幕写成日记，题目都想好了：豆苗的老师！

她忽然大叫起来："老师写了一张小纸条夹在笔记本内！"

大伙一听"呼啦"一声聚拢来看，只见纸条上用有力的笔迹写着："如果我回不来了，就把我的抚恤金用来翻盖一下我们的学校，我真怕咱学校迟早会倒下来砸着我的学生们！豆苗，这下你不会嫌弃咱学校破烂了吧？"

所有人"嗷"的一声全哭开了，豆苗更是顿着脚地说："老师、老师，等我长大后一定回来接你的班！"

情感箴言

qing gan zhen yan

教师全身心地把爱给予自己的学生，不计功利，不求回报，谱写出平凡的赞歌。人与人的真情还有什么能比师恩更朴实诚挚的呢？

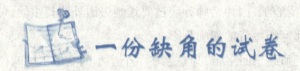

一份缺角的试卷

凡是20世纪90年代初期的学生，每学期都要经历周考、月考、会考、统考，其中还时不时要穿插小测验、小竞赛。我是在考场中"泡大"的一代人之一，接受的考试不胜枚举，有一场考试却让我刻骨铭心……

那是一个阴天的下午，原设在学校大操场上的露天考试，由于阴天临时改在教室进行。我参加初三化学的期中考试，答完了所有的题目，唯有一道是非辨析题弄不准。我再次仔细审查该试题后，惊喜地发现，这不正是我刚买的那本《精选化学例题》上的一道例题吗？复习时，因感到题偏难才没有去细琢磨。眼下，这本《精选化学例题》正放在我的课桌里。我按捺不住，该死的手慢慢伸向它，刚翻开，背后伸出一双大手，像

老鹰抓小鸡似的叼走了书本。我转身一看,正是监考老师,他满脸愤怒,当场在我试卷的右上角用圆珠笔签上了"作弊"两字。整个过程不足一分钟,我却仿佛做了一场噩梦。想着被班主任、父母知道的后果,想着自己的名字会在校门口的黑板上公布出来,想着考试前自己一边放着牛、打着猪草,一边背题目付出的努力,我的眼泪滴在了试卷上。我多么希望我的眼泪能感化监考老师,企盼着他能把这可恶的"作弊"两字擦掉。

放学了,我不敢回家。已经转晴的空气中弥漫着湿润的雾气,天边一抹晚霞也躲在了山后,夜幕笼罩下来。这时,教我们化学课的杨老师来到教室,他三十开外,性情温和,说话慢条斯理。当他从我吞吞吐吐的叙述中得知事情的经过后,出乎我的意料,他没有半句的训斥,只是宽厚地拍了拍我的肩膀,让我快点回家,免得父母牵挂。

考试后的第一节化学课,坐在课堂上的我,心突突地跳个不停,就像囚犯等待法官的宣判。看着同学们依次走上讲台领取老师批改后的试卷,我越发为自己的不诚实感到愧疚。"徐学红",杨老师点到我的名字,我内疚地走上讲台去领那张写有"作弊"两字的考卷。那是我永远也不

能忘记的一刻，我领到的是一张缺角试卷，写有"作弊"的右上角已经被人剪掉了，得分栏上赫然用红笔写着大大的九十二分。我感动得鼻尖发酸，发誓要一辈子感谢杨老师，一生诚实做人，永不再做这种丢脸的事。

发生在1990年秋天的这次期中考试，让我对"宽容"和"原谅"有了独特的体验，它让我明白了有时宽容比指责更能催人自新，原谅比惩罚更能净化灵魂。严格的处罚像外科手术，能治病，但病人承受了很多痛苦，不得已而为之；原谅一个人的过错，就像一服苦涩的中药，余味绵长，由里及外，拔毒祛病。我曾不止一次地回味这件事，告诫自己与其提心吊胆去争取那些不属于自己的东西，不如本本分分地做人更踏实。倘若当时我受到了平时作弊者应有的处罚，或许也能警醒我，但绝不可能有如此的刻骨铭心，让我受用一生。

情感箴言
qing gan zhen yan

宽容比指责更能催人奋进，原谅比惩罚更能净化灵魂。教师辛勤地培育我们，给予我们成长的启示，这是一辈子最难得的财富。

宽厚的师爱

上午，语文课上，王老师抱着九月份月考的卷子走上讲台，说："第二卷主观题满分七十分，全班六十分以上的同学只有十二个。"我忐忑不安地等待着"生死未卜"的试卷。终于，卷子传过来了。经手的同学都用特别的目光看着我。我想，不至于考得这么差吧？完了，没脸见人了。这有没有地洞呀？拿过来一看六十六分，只减了四分！我不是在做梦吧？又仔

细看了看,还是六十六分,太好了!看到这个成绩,心里的不安、紧张烟消云散。原来刚才同学们投来的是羡慕的目光。我松了一口气,心情像欢快的小鸟,飘飘然飞上了蓝天。

这时,王老师捻起一根粉笔,大刀阔斧地在黑板上写下了第一卷客观题的答案。我拿出一直带在身边的第一卷,满怀信心地开始对答案。一个,两个……五个?什么?二十道选择题只对了五个!搞什么呀?不可能!再对一遍还是十五分!小鸟重重地摔到地下。我好像从温室一步跌进了冰窖。倒霉的一卷,把二卷的胜利彻底毁灭了!

下课了,王老师走到我旁边,问:"王佳佳,你的第二卷成绩非常高,可见你的能力很强。第一卷考基础知识,怎么成绩单上分数不高?没有涂错机读卡吧?"看着王老师那赞赏又疑惑的目光,我又怎能告诉王老师,一个"能力很强"的学生,基础知识薄弱呢?于是,我撒谎说:"答得还行,可能是机读卡出了问题。"我躲闪着王老师的目光,不敢实话实说,也怕老师失望。

下午,王老师急匆匆跑来找我,说:"王佳佳,我去微机室找过你的答题卡了。一个中午也没找着,卡太多,顺序又乱。"王老师脸上满是焦急和歉意。他多想重新给我一个公正的"高分"啊!他那疲惫的双眼,带着血丝。手指上沾染的铅笔的黑渍还没有洗去。原来王老师这么重视我。我是多么后悔上午编造那虚荣的谎言!我怯生生地说:"卡没涂错,就是十五分。老师,对不起,我……我怕您,生气。"王老师不再说话,目光很复杂。这复杂很快就变成了单一:恨铁不成钢。

他说他不生气,只对我的成绩表示遗憾。王老师让我拿出第一卷,一道一道地给我讲解。他先给我讲了一道古文语法题,考的是宾语前置。他讲得绘声绘色,讲到关键的地方打着手势帮助我理解。宾语似乎是被王老师"拿"过去从而"前置"的。王老师说:"做所有的古文语法题,都要先翻译句子,把译文作为参照物,用原文与译文比较,答案就会浮出水面。"

听了王老师的话,我深深地低下头,暗下决心要学好语文,学好我们

民族的语言!

　　润物无声,无微不至,老师的爱像一阵细雨洒在我的心田。不仅是我,班里六十位同学谁不是沐浴在这平凡、朴实又沉重的师爱之中!

　　今天的日历即将翻过,今天的故事却永远留在我心里。室友都睡了,我望着窗外,总想哭。溶溶的月光洒满校园,温柔地抚摸着校园里的一花一草。

情感箴言
qing gǎn zhēn yán

> 　　春雨润物无声,在无微不至的关怀中,我们感受到平凡沉重的师爱,正是那宽广的胸襟,无言的奉献,使我们对教师更崇敬,对人间真情更感谢。

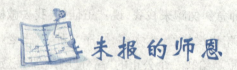

未报的师恩

　　在我的心中,埋藏着一段关于师生之间的往事,我一直不愿提起,因为它是我心中一个永远的痛。之所以今天提起它来,是要告知那些莘莘学子们,在自己成长为栋梁之后,不要忘了及时对自己的恩师表达心中的感恩之情。不然的话,也许会为时已晚。

　　我是一个来自贫困家庭的子弟,为了供我和弟弟妹妹上学,父母操劳了大半生,但却仍然无法负担日益繁重的开支。我不忍看他们如此辛苦,就提出辍学出外打工,挣钱补贴家用。父母虽不同意,但看着日益贫困的家,最后不得不答应了。当我流着泪把这个决定告诉自己白发苍苍的班主任闫欣时,他说我是一个考大学的苗子,这样放弃太可惜,就亲自到我家说服我父母,并承诺说他可以资助我。就这样,我又有了读书的

机会。

幸未失学的我格外珍惜这来之不易的机会,每天都苦学到深夜。闫老师看在眼里,疼在心上,经常在夜深人静的时候到班里赶我回宿舍睡觉,有时还为我带一点吃的。看我过意不去,他就说:"老师爱喝酒,这是我吃剩下的一点下酒菜,你不要觉得不好意思。"

我知道,闫老师爱喝酒是真的。无论日子多苦,他都喜欢买一瓶廉价的酒,每天吃饭时喝二两。那种酒才两块多钱一瓶,但他却喝得很惬意。他也经常对我们说:"等你们考上大学了,给老师买一瓶好酒喝,就是对我最大的报答了。"

然而不久,我却有一种老师为我戒了酒的心理感应。因为很久,我没见他从校门外的小卖部里拎着酒哼着小曲回家了。那时我就发誓:一旦考上大学,参加工作挣到钱,第一件事就是要为他买几瓶家乡能买到的最好的酒,让他痛痛快快地喝个够。在这种精神动力的支配下,我学习格外刻苦,最终以优异的成绩考入了一所著名的学府。得知这个消息,闫老师高兴极了,逢人就夸我是一个好孩子,并且亲自到我家送去了一百块钱,让我买一身好衣裳穿体面点去报到,说不能让大城市的人小瞧了咱穷乡村的孩子。就这样,带着闫老师的殷切期望,我告别贫瘠的家乡,去大学深造。

一晃,四年过去了,我毕业分配到了广州工作。为了站稳脚跟,买房结婚,我不得不努力工作,拼命攒钱,一连三年没有回过家乡,更没有实践当初给闫老师买好酒的诺言。去年春节前夕,实在抑制不住自己想家的心情,我才买了一张返乡的车票。

下车来到村口,还没进家门,迎头就碰上了急匆匆出门的父亲。他一见我就说:"你可回来了。快,闫老师病了,你快跟我看看去!"

来不及放下行李,我就跟着父亲来到镇上,父亲说:"闫老师爱喝酒,你就给他买两瓶酒去——也不知他还能不能喝!"我的心里更加难受,赶紧到商店里买了四瓶酒,提着就跌跌撞撞地冲了出去。

来到镇东头的医院,发现这里已经聚了很多当年的同学。向他们打听,这才知道闫老师因积劳成疾,患了癌症,此刻已危在旦夕了。

当我提着酒,来到闫老师病床前的时候,他刚刚从昏迷中醒过来。见到我,他露出了和往昔一样慈祥的笑容。他用微弱的声音说:"召仔,你回来了?你在外面的几年,我常和你爹念叨你呢,不知你过得怎么样……"

我眼里含着泪,把手里的酒提起来给他看:"老师,我在外面过得不错,但千不该万不该,忘了请您喝我的谢师酒啊!瞧,我为您买了几瓶酒,等您病好了,好好喝吧!"

见到酒,他眼里闪过一丝喜悦的光芒。我哽咽着说:"老师,等您病好了,我再为您买几箱,让您痛痛快快地喝个饱!""有你这句话,我比喝一百箱都高兴啊!"但遗憾的是,闫老师的病最终没能好起来,没多久,他就因病情恶化医治无效去世了。得知这个消息,我不禁悲从心来:闫老师啊闫老师,您为何这样匆匆,连我为您买的酒都没喝就走了,是不是您嫌我回来晚了?如果时光能够倒流,我情愿抛掉一切,从头再来,只要能够让您喝上我亲手为您斟的满满一杯酒。

情感箴言　qíng gǎn zhēn yán

> 难报师恩,逝去的师恩更是让人追悔莫及。当你功成名就,享受成功喜悦之时,你是否依然记得那为你付出辛劳与真情的老师呢?

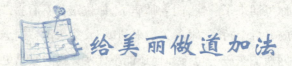

给美丽做道加法

就像平静的湖面落下一枚银币,突然的声响,惹得满教室的花朵晃

起来。

靠窗那排坐在最后的同学,弄碎了一块小镜子。

这是上午的第二节课,老师的讲述已停下来,同学们正进行课堂练习。有初冬的阳光从窗外涌进来,流淌在摊开着的课本上的字里行间。在教室的课桌间来回踱步,看长长短短的七排秀发及秀发下亮晶晶的一百一十二粒黑葡萄,捕捉沙沙的写字声合成的音乐,男老师感觉到自己好像一位农民在田间小憩,擦汗的同时聆听着庄稼的拔节之声。

一个小姑娘心爱的小镜子摔坏了。

教室里低低地有了议论:

"臭美!扮啥酷呀!"

"上课怎么能照镜子?"

"活该受批评了。"

"看老师怎么办?"

老师没有言语,他有意无意地听着同学们的每一句议论。这些女孩子呀,全十五六岁年龄,作为旅游职中的新生,脸蛋身材口齿当初都曾经过精心挑选,一笑甜爽爽的,开了口也如一巢出窝的小鸟,三五分钟是静不下来的。男老师的心里笑着,他知道他们在等讲台上的反应。

其实,开始练习后不久,老师就看见那位同学悄悄摸出了小镜子。他看到她将镜片偷偷压在作业下,写几笔作业就照一照。借着阳光,一只淡黄色的蝴蝶发夹舞动在她的前额,花季的脸真是漂亮。

男老师想提醒她,但一时没有想好合适

的话。现在经同学一催化,他忽然有了一种灵感。

他微笑着先开口问了一个物理问题。

"请说说平面镜的作用。"

"有反射作用。"这很简单,全班五十六个同学几乎异口同声地回答。

"是啊。"老师说,"同学们,几分钟前,我们教室里五十六位同学变了五十七朵花,有一个同学借镜子反射出一朵。但是,镜中的花是虚的,镜片只能反射美丽,并不能增加美丽。要增加美丽或者让美丽在岁月雨雪风霜前不再成为一笔笔减数,或者保持总数不变,我们唯一的办法是从另一方面给它再一笔笔添上加数。这加数是指我们一次次作进步的努力,一次次为自己的目标不轻言放弃,或者,一次次向我们的周围伸出自己的手。而此刻,对坐在教室里的你来说,帮助你增加美丽的是你桌上的书本。"

再也没有任何声音,一池吹皱的春水再度平静。

当天晚自习时,照镜的小女孩在日记中写下了这么一句话——给美丽做道加法。

情感箴言
qing gǎn zhēn yán

> 教师对学生的关怀是一种夹杂智慧的艺术,好的老师会恰如其分地把握尺度,把宽容与教育有机地结合,把真正的美丽奉献给自己用心血培育的学生。

最美的声音

第一次见到尹老师是在三年前的初秋,万木繁密,乍凉还热。那天我和同学们都端坐在教室里,怀着儿童的忐忑和好奇心理,静静地等待一位新来的语文老师。

　　铃声过后，教室里走进一位虽然年老但精神矍铄的老师。同学们立即用狡黠的目光将他从头到脚打量了个遍：略显凌乱的头发里已夹了清晰可见的银丝，有点皱的长袖衬衫上，扣子一个不落地扣着。"是个老头"，"是个老头"，几个调皮的男生立即窃窃私语地交换了意见。他则用目光在教室里慈爱地扫了一遍，用粉笔在黑板上写了一个工整的"尹"字，然后便开始用方言讲话了："同学们好！我姓尹，刚从农村中学调到这里。这学期我将担任大家的语文老师。"话音刚落，下面有人偷偷地笑起来，原来这位老师把"老师"说成了"恼师"！后来时间久了，同学们便在背后称这位用方言给我们上课的老师为"恼恼师"，也就是"老老师"的意思。

　　不过，尽管尹老师的话很土，同学们还是非常喜欢他的课。除了他讲的课生动有趣外，还有个重要的原因就是他的粉笔字极棒！轻轻的几声嘟嘟之后，黑板上便留下了他那令人叫绝的字，一丝不苟，赏心悦目，给人以遒劲有力、入木三分之感。同学们总喜欢在语文课后照着黑板上的字一笔一画地临摹。受尹老师的熏陶，我们班上字写得漂亮的同学渐渐多了起来。

　　我们就这样愉快地跟尹老师一起度过了一个学期。寒假后不久的一天，尹老师宣布了一个让我们全班同学都不敢相信的打算，那就是他决定学说普通话！至于原因很简单，那就是为了与同学们之间有更多的共同语言。末了他还很幽默地说了一句：

"看谁以后还敢叫我恼恼师!"不知道什么时候这话已传到他的耳朵里了。

谁也没想到尹老师说到做到。在那以后的课堂上,他总是费劲地坚持用他那不伦不类几乎蹩脚的普通话给我们上课。平翘舌不分、没有后鼻音、没有翘舌音,有同学上课时听得躲在下面窃笑。尽管如此,他还是极努力地去提高自己的普通话水平。课间,他会捧着字典向我们小学生问这问那;早晨到校时我们总能看到晨曦中的尹老师捧着收音机在操场上来回地踱着步子;傍晚,清静的办公室里总会传来尹老师一字一顿读报纸的声音,那时美丽的夕阳与尹老师之间似乎有着一种无法言传的默契。那段时间尹老师常是用嘶哑的声音为我们上课,同学们都被他的认真劲儿深深地打动了。一段时间之后,同学们已感觉尹老师的普通话很有普通话味了。谁要是还在背后称他为恼恼师,肯定会招来同学们的一致反对。

又是一个多月过去了,尹老师的普通话已几乎标准了。有的同学说他的声音像任志宏,有的同学说他的声音像赵忠祥,还有的同学说谁都不像就是美。然而尹老师的声音真正征服全班同学的还是在学期结束的那次师生联谊会上。当他用那略带方音的普通话、富有磁性的音质,铿锵有力地朗诵完毛泽东的《沁园春·雪》时,讲堂里掌声雷动!

至今他那荡气回肠、雄浑顿挫、慷慨激昂、字字有力的声音仍在我耳畔回响:

北国风光,千里冰封,万里雪飘。望长城内外,惟余莽莽;大河上下,顿失滔滔……

情感箴言
qíng gǎn zhēn yán

什么是最美的声音?是教师启迪关爱我们的句句真言。语言的艺术被教师运用得最完美,因为那美妙背后是源自灵魂深处的责任感与自豪感。

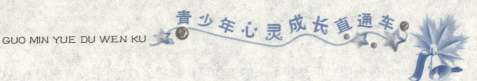
那把小刀的教益

那位老师叫什么，我已经不记得了。记忆中印象深刻的，是年逾花甲的他总有着和蔼的、极具亲和力的笑容，发根处时常残留着染发剂褪色后留下的红黄相间的颜色。

在我上初二时，他教了我们一学期的手工课。手工课不是主课，所以班里很多同学并不重视。难得的是，他上课很认真，经常鼓励我们发挥想象力搞一些小发明，或布置一些手工作业。

记得有一次，他要求我们"变废为宝"自制一把小刀，说每个人都必须完成，因为得分会记入期末的总评成绩。那时我特别希望自己能够得九十分以上，因为每次上课，他都会把得九十分以上的作品放在讲台上的一个"专区"里，让大家排着队上去参观。这是一种巨大的荣誉！

为了这个梦寐以求的九十分，我一回家就四处找材料，从我家附近的一个建筑工地上找到一根光亮干净没有锈痕

的废锯条。但是接下来的工作可让我犯了难：我家没有磨刀石，这可怎么办？突然，我的脑海里灵光一闪——我家门口的楼梯不太光滑，表面上布满芝麻大小的凹坑，在上面磨锯条一定行！

于是，那几天一放学，我就端一碗水坐在楼梯口，把地和锯条都洒湿，然后就撅着屁股呼哧呼哧地磨起来，一直磨到母亲叫我吃饭时，才长出一口气收工回去。就这样卖力地干了两天，我的小刀终于"完工"了！

上手工课那天，一看到别人做好的小刀，我心里立马凉了半截。别人的刀刃磨得又光又亮，刀锋也长；而我的刀刃在楼梯上磨得黑不溜秋的，刀锋也是短短的，只能算是"小匕首"。

老师开始一件件地"鉴赏"了，他很认真地给每一把小刀打分，每逢有做得精致的，他都要夸奖几句，并把这件作品放到讲台最前面的"精品区"里。突然，周围一阵大笑，只见他从一堆精致的小刀里抽出我的"小匕首"，脸上一副诧异的神情。我的心猛地收紧了，泪水也涌上了眼眶。

"这是哪位同学做的？"他的嗓门儿平日就很大，今天更是让胆小的我打了个寒噤。我犹豫着站了起来，周围的笑声更大了。"告诉老师，怎么回事？"我强忍住泪水哽咽地解释道："我家没有磨刀石，这是我在楼道里磨了两天才做出来的。"

"哦"——他微笑着轻轻地把我的小刀放到"精品区"里，和那些制作精致的小刀搁在一起。从那以后，我明白了一个道理：只要尽了最大的努力，别人就不会轻视我。

情感箴言

qing gan zhen yan

努力就会有收获，关键时刻的肯定，是对人最大的理解和安抚，教师的金玉良言是学生信念的扶助。珍重师恩，珍惜教诲，那是无尽的爱的教益。

点石成金

小时候,我特别淘气,父母为我操碎了心。我对那些告诫左耳进右耳出。球场和足球对我的吸引力远胜于教室和书本。这样不知不觉就晃到了高三。随着青春期的到来,我对女同学产生了好感。

我喜欢我们班一个叫赵小纯的女同学。她漂亮文静,成绩好,从不在男生面前发嗲。别看我们男生有时也跟那些女生眉来眼去,但内心深处是瞧不起她们的。

我变得郁郁寡欢。因为我配不上她,人家成绩那么好。很快就传来了赵小纯即将被学校保送进南开大学的消息,可以想象我有多么绝望。这时离高考不到一百天了,我仍就这么不开心地"晃"着,让父母心急如焚!

一天下午,上自习课。我在语文练习本上信笔涂抹我纯洁的相思与无望的忧伤,我肯定那是自我背起书包上学以来写得最好最动情的一篇作文,我还傻头傻脑地提到了赵小纯的名字。还没有写完,有同学鬼打慌了一般来喊我出去踢球。我揉了揉酸叽叽的鼻子就去了操场,随手把练习本塞进了抽屉。晚自习时,我找不到练习本了,一问,小组长搜去交给了科代表,科代表又交给了语文老师。我脑子"嗡"的一下,完了完了,一切都完了。

我提心吊胆,不知道后面有什么在等着我,我猜想语文老师会把我的"杰作"交给教导主任,教导主任拿着这篇情书会绘声绘色地念给全班同学听——啊,如果是那样的话,我一定去自杀!

第三天,练习本发下来了,语文老师甚至没多看我一眼。下课了,我抓起本子跑到教室外的小树林里,翻开,还在!错别字、病句用红笔改过了,下面还有一段批语,是老师熟悉的笔迹:"文章写得不错,有真情实感，如果你能在大学里把它亲手交给那位女同学就好了!"末尾那个惊叹号像个炸弹在我心里砰地炸开，就在那一刻，"晃"了十八年的我醒了，那种感觉非常强烈，"刷"的一下，从头到脚，仿佛脱胎换骨。

我开始拼命了，为了一个目标，为了考上赵小纯即将就读的南开!

"浪子回头，浪子回头了啊!"老爸老妈高兴得热泪盈眶，老师们惊喜之余也投来赞赏的目光。我发现那些原来叫我头痛不已的习惯并不是太难改掉，我甚至还在解题的过程中感受到了种种从未体验过的乐趣，原来我也是可以这样优秀的呀!这发现让我欣喜。

随着考期的临近，我的成绩几乎是直线上升，老师们已经把我划入了有把握考进重点大学给学校增光添彩的优生之列，并额外地给我"开小灶"。看着仍在"大灶"上抢勺子的昔日的狐朋狗友，我心里有一种异常的感觉，当时的我说不出来，现在我知道了，人和人就是如此拉开了距离，人生的轨迹就此画出了不同角度的抛物线;而那个女同学赵小纯已成了远方一个隐隐约约的召唤，变得越来越模糊了。也许男人就是这样见异思迁吧。

结局是相当圆满的，我冲进了南开，但我再也没有向任何人提起这件事，虽然它在我人生旅途中如此重要，但以我青春年少的羞涩和自尊，还是打算把它埋在心底。我也没有去找赵小纯，她似乎和我的旧生活一起被深深地锁进了记忆里。

我只安安心心地读书，毕业后又考研，完了，到南方工作。一晃就过

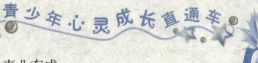

了十年，我已结婚生子，家庭美满，事业有成。

1998年春节，我回家乡过年。几个高中同学打电话说要开个同学会，在那里，我又碰到了赵小纯，还有她可爱的女儿。小女孩像极了少年时代的赵小纯，勾起我无限感慨，我也就毫不顾忌地讲了那件事。听得大家一惊一诧，最后齐声欢呼。

那位恩重如山的语文老师已于两年前病逝了，但我永远感激他在人生关键处给予我的指点。他保护并承认了我的初恋，还有，他并不认为恋情萌动的孩子就不纯洁，就不可点石成金。这经历让我学会了善待，善待生命，善待心灵，哪怕是一个幼小孩子的心灵。

情感箴言
qíng gǎn zhēn yán

> 老师是伟大的雕塑家，他用自己的爱做刻刀，兢兢业业改造着每个学生渴求发展的心。这把刻刀刻出了丰富的知识，刻出了完美的人格，也刻出了学生的未来。